Hansjörg Martin

Die Sache im Supermarkt

Eine Detektivgeschichte

rororo

Rowohlt

rororo rotfuchs – Herausgegeben von Uwe Wandrey
Originalausgabe

Hansjörg Martin: ursprünglich Maler und Grafiker; nach dem Krieg Clown, Journalist, Bühnenbildner und Dramaturg; seit 1962 freier Schriftsteller; Arbeit für Schulfunk und Fernsehen; schreibt Kriminalromane (rororo thriller) und Kinder- und Jugendbücher («Überfall am Okeechobee», rotfuchs Band 4/1972; «Spiele auf Spiekeroog», rotfuchs Band 40/1973; «k.o. und o.k.», rotfuchs Band 102/1975; «Das Krimi-Kabinett» (Hg.), rotfuchs Band 152/1977; «Das Gespenst von Altona», rotfuchs Band 220/1979); lebt in Wedel bei Hamburg.

1.–18. Tausend September 1977
19.–25. Tausend Juli 1978
26.–35. Tausend März 1979
36.–48. Tausend Januar 1980

Erzählen verboten!

Eigentlich darf ich die Geschichte gar nicht erzählen. Ich war nämlich dabei, als Michael Schuch, genannt Micky, und Mathias Lindner, genannt Mathe, vor dem Jugendschöffengericht von X-Stadt standen.
Michael Schuch war gerade fünfzehn geworden. Zwei Tage vor dem ersten Prozeßtag hatte er Geburtstag gehabt. Und Mathias Lindner war vierzehneinhalb.
Eine ziemlich schlimme Sache: Die zwei Jungen waren angeklagt, in einem Supermarkt eingebrochen und für ein paar hundert Mark Ware gestohlen zu haben.
Beim Schöffengericht sitzen immer zwei Schöffen und ein Berufsrichter. Die Schöffen – das sind Laienrichter – haben das gleiche Stimmrecht wie der Richter und dürfen auch Fragen stellen. Warum ich die Geschichte eigentlich nicht erzählen darf: Bei diesem Prozeß gegen Michael Schuch und Mathias Lindner war ich nämlich Schöffe, und ein Schöffe ist zur «Amtsverschwiegenheit» unbedingt verpflichtet. Er wird sogar darauf vereidigt, darf also nichts erzählen – auch nach Beendigung seiner Amtszeit nicht.
Ich riskiere es trotzdem und erzähle euch die Geschichte, weil ich glaube, ihr müßt wissen, wie es bei Gericht zugeht. Ihr solltet wenigstens ungefähr eine Ahnung davon bekommen, was einem so blüht, wenn man mal ein Ding dreht und dabei erwischt wird.
Ich riskiere es und erzähle alles, damit ihr nicht vor lauter Angst und Unsicherheit den Mund nicht aufkriegt, falls ihr mal als Angeklagte vor dem Richtertisch steht.
Ihr würdet euch da schon ziemlich verloren und verraten vorkommen, wenn die, die über euch zu Gericht sitzen, im wahr-

sten Sinne des Wortes *über* euch, also ungefähr einen Meter höher sitzen und auf euch heruntergucken. Und ihr habt niemanden außer einem Rechtsanwalt neben euch, der zwar auch so einen schwarzen Mantel trägt wie der Richter und der Anklagevertreter, der aber nicht viel zu bestimmen hat, weil er nur euer Verteidiger ist. Niemanden habt ihr bei euch, mit dem ihr so reden könnt, wie ihr möchtet.
Da ist eine verdammt unangenehme Situation – und ich möchte keinem wünschen, daß er da hineingerät ...
Natürlich muß ich die Namen der Personen und die Ortsnamen verändern, «verschlüsseln», wie man dazu sagt. Das habt ihr sicher schon gemerkt, denn «X-Stadt» gibt es natürlich nicht, besser gesagt, X-Stadt ist in unserer Geschichte nur der Tarnname für eine Stadt, die in Wirklichkeit anders heißt.
Auch Richter Riemann hat einen anderen Namen. Und Michael und Mathias heißen tatsächlich auch nicht Michael und Mathias. Und Holger und Henriette heißen anders, und auch die Straßen, die hier genannt werden, heißen in Wirklichkeit anders.
Aber die Geschichte stimmt.
Sie stimmt haargenau und ist bis auf die kleinste Einzelheit auch genauso geschehen, wie ich sie euch jetzt erzählen werde.

Das hohe Gericht tagt

Michael Schuch und Mathias Lindner – Micky und Mathe – stiegen an der Haltestelle Schillerplatz aus dem Bus, liefen bis zum Fußgängerstreifen und warteten, bis die Ampel auf Grün sprang, ehe sie die vierspurige Fahrbahn überquerten.
Sie warteten, obwohl überhaupt kein Verkehr war. Außer einem ratternden, langsamen Lieferwagen fuhr nur ein Mofa die Straße entlang. Aber sie warteten, ohne ein Wort zu sagen, Grün ab.

Das hätten sie sonst nie so gemacht, weil sie nicht einsahen, weshalb man an einer Ampel stehenbleiben soll, wenn die Straße leer ist.
Aber hier und heute blieben sie lieber stehen, denn in ihren Taschen knisterten die Vorladungen zu einem Strafprozeß – sie waren die Angeklagten, und das flößte ihnen einen so enormen Respekt vor allem ein, was mit Recht und Gesetz und Strafe und Staat und Ordnung zu tun hatte, daß sie sogar eine rote Verkehrsampel beachteten, die ihnen den Übergang über eine leere Straße verwehrte.
«Da drüben das rotgraue Dings!» sagte Mathe und zeigte auf ein langgestrecktes, vierstöckiges Gebäude, vor dessen Eingang gelbe Säulen ein altertümlich gemachtes, dreieckiges Vordach stützten.
«Sieht aus wie 'n Krankenhaus», sagte Micky.
Sie liefen über den gepflasterten Platz, vorbei an einem überlebensgroßen Herrn aus Bronze, der oben auf einem Steinsockel stand, eine Papierrolle in der einen und irgend etwas Rundes, einen Ball oder einen Apfel, in der anderen Hand hielt und mit ernstem Gesichtsausdruck – soweit das bei dem dunklen, stellenweise grün angelaufenen Metall zu erkennen war – in die Ferne blickte.
In den Steinsockel war eine große Tafel aus dem gleichen dunklen Metall, aus dem der ernst blickende Herr oben gemacht war, eingelassen. Darauf stand in erhabenen Buchstaben:

«Vor dem Sklaven, wenn er die Kette bricht,
vor dem freien Menschen erzittert nicht!»
Friedrich von Schiller
1759–1805

«Verstehst du das?» fragte Mathe, der stehengeblieben war und den schwer zu lesenden Spruch mühsam entziffert hatte.

«Das ist Schiller», sagte Micky und packte ihn am Parka. «Komm, wir müssen in zehn Minuten da sein!»
«Aber wir sind ja direkt davor!» sagte Mathe.
«Ich weiß bloß nicht, ob wir so schnell den richtigen Gerichtssaal finden», sagte Micky. «Oder weißt du da drin Bescheid?»
«Nee», sagte Mathe, «drin bin ich auch noch nicht gewesen.»
Mickys Sorge, sie könnten zu spät kommen, erwies sich als unnötig, denn in der großen, düsteren Halle des Gerichtsgebäudes kam ein molliger Mann auf sie zu. Er hatte einen dunklen Anzug an und trug außer einer dicken Aktentasche einen schwarzen, glänzenden Mantel über dem Arm.
«Hallo, Michael und Mathias!» sagte er und gab ihnen die Hand.
«Guten Tag, Herr Doktor!» sagten die beiden fast gleichzeitig.
«Seid ihr allein gekommen?» fragte der Mann.
«Ja», erwiderte Mathe.
«Meine Mutter kommt direkt aus dem Laden», sagte Micky.
«Mein Vater kann nicht weg», ergänzte Mathe, «er hat gesagt, wir sollten das alleine auslöffeln.»
«Und außerdem sind Sie ja unser Verteidiger, hat mein Al – äh, mein Vater gesagt», fügte Micky hinzu. «Aber meine Mutter kommt.»
«Wir können aber nicht mehr warten», sagte Dr. Rahn, der Verteidiger. «Hoffentlich findet sich deine Mutter zurecht. Kommt, ich gehe vor!»
Er ruderte – flink für sein massives Übergewicht – vor den zwei Jungen einen langen Gang entlang, an dem viele Türen mit unverständlichen Aufschriften lagen, eine breite steinerne Treppe hinauf, einen zweiten Gang entlang, in dem auf mehreren Bänken einzelne Leute mit bedrückten oder ängstlichen Gesichtern warteten – bis zu einer Tür, neben der an einem Brett ein Zettel hing.
«Wartet einen Moment!» sagte Dr. Rahn und verschwand in der Tür. Micky und Mathe lasen den Zettel:

«Jugendschöffengericht X-Stadt
Donnerstag, 4. 9. 76 / 10.30 Uhr
Hauptverhandlung in Sachen Schuch/Lindner
RA.: Dr. Rahn
Vors. Richter: Riemann
Schöffen: Böhnert, Philipp»

– weiter kamen die Jungen mit der Lektüre des Zettels nicht, denn Dr. Rahn trat wieder aus dem Zimmer und rief ihnen zu:
«Kommt herein! Dort, die größere Tür nebenan!»
Er zeigte auf einen zweiten Eingang, und sie gingen hinein. In diesem Augenblick kam Frau Schuch, Mickys Mutter, vom Treppenhaus her den Gang entlanggelaufen.
Dr. Rahn begrüßte sie und zeigte ihr eine dritte Tür.
«Sie müssen dort hinein, Frau Schuch», sagte er. «Das ist für Zuschauer. Es kann aber sein, daß Sie als Zeugin zur Sache gehört werden sollen. Dann werden Sie wieder rausgeschickt und müssen hier draußen im Gang warten, bis man Sie aufruft!»
«Ja», sagte Frau Schuch, nickte eifrig und bekam große, richtig furchtsame Augen. Micky wagte nicht, sie anzusehen. Ihm war schlimm zumute, als er die Augen seiner Mutter sah. Er wandte sich schnell ab und ging hinter Mathe her in den Saal, in dem das Jugendschöffengericht heute tagen sollte.
Der Saal war nicht sehr groß, er hatte ungefähr die Abmessungen eines Klassenzimmers, nur um einiges höher, und die vier hohen Fenster waren mit dunkelgelben, wabenförmigen Scheiben verglast, was den ohnehin dunklen Raum noch dunkler machte und ihm etwas Düster-Feierliches gab, wie von einer kleinen Kirche oder einer Friedhofskapelle.
Mathe fiel die Beerdigung seines Großvaters ein, zu der man ihn vor drei Jahren mitgenommen hatte.
Dieser Gerichtssaal unterschied sich von der Friedhofskapelle

durch eine Art Podium an der rechten Seite, das durch eine Barriere vom übrigen Raum abgetrennt war. Auf dem Podium stand ein langer Tisch, so ähnlich wie ein Lehrerpult in alten Schulen, also nach vorn verschalt, so daß man die Beine der Leute nicht sehen konnte, die an dem Tisch saßen. Rechts von dem Tisch war noch ein kleinerer Tisch. Daran saß jetzt, als die Jungen mit ihrem Verteidiger eintraten, eine Frau in einem schwarzen, glänzenden Mantel, in genauso einem Mantel, wie ihn Dr. Rahn nun anzog.

Die Frau hob nur kurz den Kopf, nickte dem Verteidiger zu, warf einen prüfenden, aber nicht sehr interessierten Blick auf Micky und Mathe und las dann weiter in irgendwelchen Papieren.

Auf der linken Seite des Podiums befand sich ein kleineres Podest mit einem Pult darauf. Dort saß ein älterer Mann in einem ebensolchen Mantel und blätterte, nachdem er ebenfalls kurz hochgeschaut und Dr. Rahn zugenickt hatte, in einem Aktenstapel.

Micky und Mathe wurden von dem Verteidiger zu einem Tisch geleitet, der mitten auf dem Parkett vor dem erhöhten Richtertisch stand.

«Setzt euch hierhin!» sagte Dr. Rahn. «Einer rechts, einer links. Den mittleren Stuhl laßt mir frei!»

Sie setzten sich gehorsam. Still war es in dem Saal, nur das Papierrascheln am Pult des Herrn zur Linken war zu hören. Micky und Mathe wagten nicht, miteinander zu reden. Erst als Dr. Rahn zu der Frau im schwarzen Mantel ging und sie mit leiser Stimme irgendwas fragte, sagte Micky wispernd:

«Ist das der Richter da links?»

Mathe schüttelte den Kopf. «Nee, ich glaube, das ist der Staatsanwalt. Der sitzt extra. Hab' ich mal in der Glotze gesehen. Und die Frau ist die, die immer alles mitschreibt.»

«Und wo ist der Richter?» fragte Micky.

«Hinten in dem Zimmer hinter der Tür, da, wo Doktor Rahn vorhin reingegangen ist, glaub' ich.»
«Wann kommt der denn endlich?» fragte Micky.
«Weiß ich doch nicht», erwiderte Mathe gereizt, «der wird schon kommen!»
Micky drehte sich vorsichtig um. Hinter ihnen stand eine lange Bank, und dahinter war wieder eine Barriere, die sich quer durch den Raum – von der Türseite bis hinüber zu den gelben Fenstern – zog. Hinter dieser zweiten Barriere standen mehrere Bänke. Da saß ganz allein Mickys Mutter und zerknautschte ein Taschentuch in ihren Händen.
Die Wände des Gerichtssaales waren hellgrau gestrichen, nicht ein einziges Bild daran. Nur über dem Richtertisch – oder besser: an der Wand dahinter hing so etwas wie ein Wandschmuck. Er stellte eine große Frau in einem langen Kleid dar, das faltig bis auf ihre Füße fiel. Die Frau stand mit verbundenen Augen, hielt in der einen Hand eine alte Waage und in der anderen ein Schwert.
Die Dame war aus schwarzlackiertem Eisendraht gebogen und an der Wand mit langen Stiften befestigt, so daß ihre Linien Schatten warfen und doppelt wirkten.
Mathe betrachtete den eigenartigen Wandschmuck und überlegte, was das wohl bedeuten sollte. Er erinnerte sich dunkel, daß er in einem Lesebuch einmal ein Bild von einer ähnlichen Frau gesehen hatte. Eine Göttin, die irgendwas mit Recht und Gesetz zu tun hatte. Aber es fiel Mathe nicht mehr ein, daß es Justitia war, die Göttin der Gerechtigkeit.
Hinter der Barriere zum Richtertisch öffnete sich jetzt eine kleine Tür, es kamen drei Leute heraus.
Auch Dr. Rahn kam. Mit schnellen Schritten war er bei den Jungen.
«Aufstehen, Jungs!» flüsterte er ziemlich laut.
Micky und Mathe erhoben sich. Die Frau im dunklen Mantel

rechts und der Mann auf dem Einzelpodium links standen ebenfalls auf. Die drei, die hereingekommen waren, stellten sich hinter den Richtertisch. Links stand eine Frau mit Brille, die ein graues Kostüm trug, in der Mitte wieder ein Mann mit so einem schwarzen Mantel. Und rechts stand ein älterer Mann mit Glatze, der Gott sei Dank einen normalen Anzug trug und einen bunten Schlips dazu – das war das einzig Bunte im ganzen Saal, von Mathes hellblauem Hemd einmal abgesehen.
Die drei oben setzten sich. Auch alle anderen setzten sich wie verabredet. Dr. Rahn nahm zwischen Micky und Mathe Platz. Der Richter räusperte sich und schlug den Aktenhefter auf, den er mitgebracht hatte. Die Frau und der Mann betrachteten Mikky und Mathe, die sich in ihrer Haut unwohl fühlten.
«Hiermit eröffne ich die Hauptverhandlung in der Strafsache gegen Michael Schuch und Mathias Lindner», sagte der Mann in der Mitte oben am Richtertisch.
«Ist das der Richter?» fragte Micky leise Dr. Rahn.
«Ja», sagte der Verteidiger.
«Wie heißt der?» fragte Micky weiter.
«Riemann», tuschelte Dr. Rahn, «aber ihr müßt ‹Herr Vorsitzender› sagen, wenn ihr ihn ansprecht.»
Das Gewisper irritierte den Vorsitzenden Richter Riemann. Er guckte über den Rand der Akte, die er in die Hand genommen hatte, zu Dr. Rahn und den Jungen herab.
«Pssst!» machte der Verteidiger.
«Wir fangen dann mit der Vernehmung zur Person an, Herr Verteidiger, wenn Sie soweit sind!» sagte der Richter mit einem leicht vorwurfsvollen Ton in der Stimme.
«Bitte», sagte Dr. Rahn und verbeugte sich betont höflich im Sitzen.
«Wer von euch zweien ist Michael Schuch?» fragte der Richter.
Micky stand auf.
«Ich.»

«Michael Schuch, Schüler, geb. am 2. 9. 1961 in X-Stadt, Deutscher, ledig, gesetzliche Vertreter: Eltern Emil und Alma Schuch, geb. Vogel, alle wohnhaft in X-Stadt, Kleistburgerheide 11 ...», las der Richter vor. Er las es langsam, aber ohne besondere Betonung, hob dann den Blick und fragte Micky: «Ist das so richtig?»
Micky sah den Verteidiger fragend an. Dr. Rahn nickte. Micky sagte: «Ja!»
«Mathias Lindner, Schüler, geb. am 27. 3. 1962 in Hamburg, Deutscher, ledig, gesetzliche Vertreter: Eltern Franz und Monika Lindner, geb. Helms, alle wohnhaft in X-Stadt, Kammweg 39», las der Richter jetzt im gleichen Tonfall die Personalien von Mathe vor, hob wieder den Blick und fragte:
«Ist das so richtig?»
«Jawohl», sagte Mathe.
Der Richter wandte sich an den Staatsanwalt.
«Ich möchte vorschlagen, die weitere Vernehmung zur Person und eventuelle Fragen zur Person an die Angeklagten zurückzustellen, Herr Staatsanwalt, und darauf später zurückzukommen. Ich möchte Sie bitten, jetzt die Anklage vorzutragen, damit die Schöffen erst mal wissen, was den Angeklagten zur Last gelegt wird. Wären Sie damit einverstanden?»
Der Staatsanwalt nickte, erhob sich, nahm ein Blatt aus einem Ordner und begann zu lesen. Er las ziemlich leise, so daß der links vom Richter sitzende Mann mit der bunten Krawatte, der eine Schöffe, sich vorbeugen und konzentriert zuhören mußte, um alles verstehen zu können.
Zunächst las der Staatsanwalt noch einmal das vor, was der Richter eben schon vorgelesen hatte, nämlich, daß der Schüler Michael Schuch und der Schüler Mathias Lindner dann und dann und dort und dort geboren waren, daß die zwei ledig waren und wo sie und wo ihre Eltern wohnten – und so weiter.
Nach dieser Anfangslitanei hob er die Stimme und fuhr fort:

«. . . die zwei als Jugendliche klage ich an, zu X-Stadt, am 5. Mai 1976 gemeinschaftlich handelnd in einem Falle fremde bewegliche Sachen einem anderen in der Absicht weggenommen zu haben, dieselben sich rechtswidrig anzueignen, indem sie in das Ladengeschäft des Geschädigten Möllenbrook gewaltsam eindrangen und folgende Gegenstände entwendeten: 5 Plastik-Tragetüten. Diebesgut 6 Kart. Zigaretten, 4 Fl. Limonade, 25 Tafeln Schokolade, 13 Beutel Bonbons, gemischt.
Sie haben sich demnach des versuchten gemeinschaftlichen schweren Diebstahls nach §§ 242, 243, 22 und 23 StGB schuldig gemacht.»
Damit schloß der Staatsanwalt seine «Anklageverlesung» und setzte sich wieder hin. Eine halbe Minute herrschte Schweigen, nur Mickys Mutter schluchzte leise auf ihrer Bank.
‹Wie komisch die reden!›, dachte Micky, aber er konnte nicht lachen, wie er es sonst wohl getan hätte, bei Sätzen wie: ‹. . . einem anderen in der Absicht weggenommen zu haben, dieselben sich rechtswidrig anzueignen . . .›
«Danke!» sagte der Richter, blätterte wieder in seinen Papieren, sah dann den Verteidiger an und fragte:
«Ist von den Erziehungsberechtigten jemand da?»
«Die Mutter von Michael Schuch», sagte Dr. Rahn. Er wies dabei mit offener Hand über die Schulter nach hinten. Frau Schuch hob den Kopf und machte ein ängstliches Gesicht.
«Ja, dann würde ich doch bitten, daß Frau Schuch während der Beweisaufnahme den Saal verläßt – für den Fall, daß wir sie als Zeugin . . .», sagte der Richter. Rechtsanwalt Dr. Rahn stand auf, beugte sich über die Barriere zum Zuschauerraum und erklärte Michaels Mutter, was der Richter wollte. Frau Schuch nickte eifrig und ging schnell hinaus.
Der Mann mit dem bunten Schlips hob die Hand wie ein Schuljunge. Richter Riemann nickte ihm zu:
«Ja, bitte, Herr Schöffe?» sagte er.

«Ist denn sonst jemand als Zeuge geladen?» fragte der Mann.
«Nein, heute nicht, soviel ich weiß», erwiderte der Richter, «oder haben Sie jemanden, Herr Verteidiger?»
«Nein, nicht!» sagte Dr. Rahn.
«Ich dachte, die polizeiliche Strafanzeige genügt, um den Tathergang zu rekonstruieren», sagte Richter Riemann.
«Gibt's denn sonst keine Zeugen?» fragte der Mann mit dem bunten Schlips hartnäckig.
«Doch, doch – schon ...», sagte der Richter zögernd und blätterte wieder in den Akten. «Da ist ein Hermann Korbmacher ... der hat die Polizei alarmiert, als er die Jungen während des Einbruchs entdeckt hat. Aber dessen Aussage liegt vor ... und wir sahen keine Notwendigkeit ...»
Der Mann mit dem Schlips schwieg nachdenklich. Die Frau im Kostüm – der zweite Schöffe – wandte sich jetzt mit leiser Stimme an den Richter:
«Haben die Jungen die Tat gestanden?»
«Ja», sagte der Richter.
«Und was geben sie als Motiv an? *Warum* haben sie's gemacht?» wollte der Buntschlips-Mann wissen.
«Das ist bisher unklar geblieben, aber wir sitzen ja heute hier, um es herauszufinden», erwiderte der Richter.
«Ohne Zeugen?» sagte der Mann, und es klang ziemlich spöttisch, als er das sagte.
Richter Riemann war ärgerlich. Er versuchte, sich das nicht anmerken zu lassen, aber seine Stimme war doch sehr gepreßt, als er jetzt sagte:
«Gut – wenn Sie wollen, unterbrechen wir!»
«Das fände ich schon gut und notwendig», sagte der Mann mit dem bunten Schlips, und die Schöffin an der anderen Seite nickte zustimmend.
«Das Gericht zieht sich zur Beratung zurück!» sagte der Richter zu Verteidiger und Staatsanwalt, stand auf und verließ – von den

Schöffen gefolgt – mit seinem Aktenstoß unterm Arm den Saal und verschwand durch die kleine, unscheinbare Tür, durch die sie vor kaum zehn Minuten zu dritt hereingekommen waren.
Micky und Mathe sahen Dr. Rahn fragend an.
«Pause», sagte der, stand auf, fummelte unter seinem schwarzen Seidenmantel nach Zigaretten und ging hinaus.
Die beiden Jungen folgten ihm verdutzt.

Das Gericht berät

Während die beiden Jungen verwirrt bei Mickys Mutter auf dem langen Gang standen und der Verteidiger an einem der hohen Fenster eine Zigarette rauchte, saßen die Schöffen mit Richter Riemann im Beratungszimmer hinter dem Gerichtssaal. Der Schöffe mit dem bunten Schlips hieß Hans Philipp und war Lehrer. Die Schöffin war Hausfrau und hieß Gertrud Böhnert.
Zwischen den dreien fand folgendes Gespräch statt:

Richter Riemann	Ich verstehe Ihre Einwände, Herr Philipp – aber ich glaube, daß uns die Anwesenheit des Zeugen – äh (er blätterte in der Akte) – des Zeugen Korbmacher auch nicht viel weiter bringen wird. Der Mann hat die Polizei alarmiert, als er den Einbruch entdeckte – oder richtiger, als er im Supermarkt verdächtige Lichtstrahlen sah ... aber er wird uns über die Motive der zwei Jungen kaum etwas sagen können.
Herr Philipp	Ich habe nicht um Unterbrechung der Sitzung gebeten, weil ich unbedingt den Zeugen Korbmacher dabei haben wollte, Herr Riemann. Mir genügt es nur nicht, einfach

aus Vernehmungsprotokollen und Strafanzeigen – die ich noch dazu nicht kenne – informiert zu werden. Ich kann mir keine Meinung bilden aus einer Anklageverlesung, einem Polizeibericht und den Aussagen zweier Jungen vor dem Richtertisch.

Frau Böhnert Warum hat eigentlich nur einer einen Verteidiger?

Richter Riemann Nach Paragraph 140 der Strafprozeßordnung ist bei einer Verhandlung vor dem Jugendschöffengericht ein Verteidiger nicht als notwendig vorgeschrieben.

Herr Philipp Wer von den beiden hat einen Verteidiger? Oder verteidigt der Rechtsanwalt alle zwei?

Richter Riemann Nein – alle zwei darf er nicht verteidigen, obschon er natürlich quasi den anderen mitverteidigt, wenn er für seinen Mandanten spricht. – Der Verteidiger hier ist von den Eltern Schuch für Michael bestellt . . .

Frau Böhnert Das heißt, daß der andere Junge – Mathias Lindner – sich selbst verteidigen muß?

Richter Riemann Genaugenommen ja.

Frau Böhnert Aber das ist doch Unsinn!

Herr Philipp Weiß der Junge das?

Richter Riemann Das nehme ich doch an. Er ist ja wohl entsprechend belehrt worden.

Herr Philipp Na ja – wie solche «Belehrungen» aussehen! Wahrscheinlich hat er oder haben seine Eltern das nicht verstanden, und nun meint er, daß der Verteidiger für beide da ist.

Frau Böhnert Und dann wird er sich wundern . . .

Herr Philipp	Ich beantrage, daß wir die Hauptverhandlung unterbrechen und sowohl den Zeugen Korbmacher laden wie auch jemanden vom Jugendamt und die Eltern als Zeugen.
Frau Böhnert	Ich schließe mich dem Antrag an.
Richter Riemann	In Ordnung. Nach § 229 der Strafprozeßordnung muß dann innerhalb von elf Tagen weiterverhandelt werden.
Herr Philipp	Klar. Aber vielleicht gelingt es Ihnen, Herr Riemann, in diesen elf Tagen dahinterzukommen, aus welchen Gründen die Jungen in den Supermarkt eingebrochen sind. Mir scheint, daß mehr dahintersteckt als nur Jux oder Abenteuerlust.
Richter Riemann	Da bin ich ganz Ihrer Meinung. Ich weiß nur noch nicht, was. Und ich hatte die Hoffnung, wir würden es im Rahmen der Hauptverhandlung ergründen können – aber wenn Sie meinen ...
Frau Böhnert	Ja, Herr Riemann, wir meinen ...

Soweit die Beratung des Jugendschöffengerichts, deren Ergebnis Richter Riemann kurz darauf im Gerichtssaal verkündete. Die Hauptverhandlung wurde also zur Ladung neuer Zeugen unterbrochen. Die heutige Sitzung war damit beendet.
Zum Schluß fragte Richter Riemann noch Mathias Lindner, ob er wüßte, daß der Verteidiger von Michael Schuch ihn nicht mit verteidigen dürfte – daß er sich also entweder selbst verteidigen oder einen Verteidiger bestellen müßte.
Mathe wußte nicht, was er sagen sollte. Er hatte tatsächlich geglaubt, daß Dr. Rahn auch sein Verteidiger sei. Aber Dr. Rahn bot dem Jungen an, noch ausführlich mit ihm darüber zu sprechen und für ihn einen Verteidiger zu besorgen.

Es war unterdessen fast elf Uhr. Dr. Rahn fuhr in seine Anwaltskanzlei. Er nahm Frau Schuch im Auto mit und setzte sie vor dem Geschäft, in dem sie als Verkäuferin arbeitete, ab. Sie sprachen kaum unterwegs. Frau Schuch war ziemlich deprimiert.

«Nehmen Sie es nicht allzu schwer, Frau Schuch», sagte der Rechtsanwalt, als Mickys Mutter ausstieg, «den Kopf reißt Ihrem Jungen keiner ab!»

Die Jungen verließen das große, düstere Gebäude. Draußen schien die Sonne.

«Gleich elf», sagte Mathe. «Das lohnt nicht mehr, noch in die Schule zu gehen!»

«Wollte ich auch grade sagen!» meinte Micky. «Wir haben auch bloß noch 'ne Stunde Gemeinschaftskunde.»

«Was macht ihr denn da grade?» fragte Mathe.

«Wir reden über Strafvollzug und so was», sagte Micky und verzog die Lippen zu einem unsicheren Grinsen.

«Da hast du heute schon genug gelernt», sagte Mathe, holte einen Kaugummi aus der Hosentasche und bot seinem Freund die Hälfte an.

«Und was ich nicht verstehe, kann mir unser Lehrer sicher auch nicht erklären», sagte Micky.

«Was denn?» wollte Mathe wissen.

«Warum muß so 'n Gericht so duster sein? Und warum ziehen die alle solche schwarzen Kittel an?»

«Das weiß der Kuckuck!» sagte Mathe, schob den Kaugummi in den Mund und warf dem bronzenen Schiller auf dem Denkmalsockel, an dem sie gerade wieder vorübergingen, einen Blick zu. Aber Schiller wußte es offenbar auch nicht . . .

Richter Riemann ist ratlos

Es war ein Sonnabend im September.

Sonnabends gab es bei Riemanns immer Eintopf, weil Frau Riemann am Vormittag zum Wochenmarkt fuhr, um einzukaufen. Eines der beiden Kinder fuhr immer mit, denn es gab allerlei zu schleppen, manchmal auch schwere Sachen wie Blumenerde oder Kartoffeln.

Es kam auch vor, daß alle beide Riemann-Kinder, Henriette und Holger, mitfuhren. Sie fanden das Einkaufen auf dem Wochenmarkt wunderbar, viel spannender als in einem der Supermärkte, weil es so viel zu sehen und zu hören und zu riechen gab.

Herr Riemann fuhr nur sehr selten mit auf den Wochenmarkt. Er saß an den Sonnabendvormittagen meist zu Hause in seinem Arbeitszimmer am Schreibtisch zwischen den hohen Bücherregalen, las in den Akten, die er aus dem Gericht mit heimgebracht hatte, und machte sich mit seiner kleinen, krakeligen, für andere kaum lesbaren Handschrift Notizen auf Zettel, die er dann zwischen die Aktenseiten legte.

Unterdessen schmorten die Erbsen oder Bohnen oder Linsen oder Möhren auf dem Küchenherd, quoll der Milchreis oder kochte irgendein anderer Eintopf leise vor sich hin.

An diesem Sonnabend im September garten grüne Bohnen mit Hammelrücken, Küche und Flur dufteten nach Bohnenkraut und Fleisch. Heute waren beide Kinder mit auf dem Markt.

Herr Riemann saß in seinem Lehnsessel am Schreibtisch, hatte vor sich eine Akte mit der Aufschrift «Schuch-Lindner», rauchte und war ratlos. Er war schlecht gelaunt, weil es ihm bis jetzt nicht gelungen war herauszufinden, was hinter dem dummen Einbruch in Möllenbrooks Supermarkt steckte. Und je länger er nachdachte, um so klarer wurde ihm, daß mehr dahintersteckte als nur Abenteuerlust oder gar Geldgier.

Zum siebten oder achten Male las er den Polizeibericht:

Strafanzeige

Dienststelle	(Eingangsstempel)
X-Stadt Behörde f.Inneres - Polizei - K-Amt Az.:39/1326/76	

Tagebuchnummer	297-V/75 S.177
Ort/Datum	X-Stadt,6.5.76
Anlagen	Bericht PM Meinert/POM Suhrbier
Spurensuche (Zutreffendes ankreuzen)	[ ] hat stattgefunden — [X] ist nicht erforderlich — [ ] Spuren sind nicht gefunden Spuren sind gesichert und dem Kriminalpolizeiamt [redacted] übersandt
Dienststelle	PRW 39 AI
Ort/Datum	X-Stadt,6.5.76

[illegible] POM
Unterschrift/Amtsbezeichnung

Tatort (Gemeinde, Kreis)	X-Stadt,Wiesendamm 52 Supermarkt Möllenbrook
Amtsgerichtsbezirk	X-Stadt
Tatzeit	5.5.76 ca.21.3o bis 22.19
Straftat[1]	Gemeinschaftlicher schwerer Diebstahl (Versuch?)
gemäß §§	§§ 242,243 StGB
Geschädigt (Name, Anschrift)	Kaufmann Karl,Anton Möllenbrook geb.2.7.1928/Hannover X-Stadt,Brückenstraße 14
Beschuldigt (Täter, Beteiligte)	
1. Name, Vorname	Schuch, Michael
geboren am / in	2.9.1961 /X-Stadt
Wohnung	X-Stadt,Kleistburgerheide 11
2. Name, Vorname	Lindner, Mathias
geboren am / in	27.3.1962/Hamburg
Wohnung	X-Stadt,Kammweg 39
3. Name, Vorname	------
geboren am / in	------
Wohnung	------
Schadenshöhe	DM 75.- (ca.) Eingeschlagenes Oberlichtfenster
Beweisstücke	5 Plastik-Trage-Tüten m.Aufdruck "PERSIL usw." Diebesgut:6Kart.(Stangen)Zigarett.4 Fl.Limon."Schorli" 25 Tafeln Schokol.'Mauxion',13 Beutel Bonbon,gemischt.

Der / Die	
geboren am / in	Von Amts wegen
Wohnung	
Fernsprecher	

zeigt - fernmündl. - an / Von Amts wegen wird angezeigt[2]

Sachverhalt umseitig

Siehe Anlage!

[1] Beim Zusammentreffen von Straftat und Ordnungswidrigkeit ist im Hinblick auf § 21 OWiG auch die Ordnungswidrigkeit anzugeben.
[2] Nichtzutreffendes streichen

Am 5. 5. 76 22.03 Uhr erhielt der FuStw. Peter 7/19 EZM den Einsatz:
Wiesendamm 52, Ecke Kronweg, Supermarkt Möllenbrook, Einbruchsverdacht.
Dort wartete der Zeuge Hermann Korbmacher, wohnhaft X-Stadt, Triftweg 39, der auch die Pol.-Zentr. angerufen hatte. Er gab an, mit seinem Hund noch mal auf die Straße gegangen zu sein und dabei vom Seiteneingang des neben seinem Wohnhause befindlichen Supermarktes Möllenbrook ein verdächtiges Klirren gehört zu haben. Auch habe der Hund mehrmals angeschlagen und in Richtung auf das Geräusch geknurrt.
PM Suhrbier und ich verließen den FuStw. und kontrollierten das bezeichnete Gebäude, in dem sich der Supermarkt Möllenbrook befindet.
An der Ostseite des Gebäudes fanden wir das etwa 70 cm mal 100 cm große Oberlichtfenster an der hinteren (zweiten) Tür zum Lagerraum des Supermarktes zertrümmert vor. Die Glasscherben mußten innen liegen, denn vor der Tür waren keine zu sehen. Die Tür, hell gestrichen, wies von der Klinke an aufwärts Kratzspuren und einen deutlich erkennbaren Schuhabdruck auf. An der Wand neben der Tür standen zwei ungesicherte Fahrräder.
PM Suhrbier und ich zogen uns zwischen das Buschwerk gegenüber der Lagertür zurück, nachdem PM Suhrbier den FuStw. einen Häuserblock in Richtung Bülowplatz weitergefahren und dort ohne Licht und vom Tatort aus nicht sichtbar geparkt hatte.
Wir beobachteten etwa 5 Minuten die Lagerraumfenster und die auf dieser Seite des Gebäudes gelegenen Schaufenster des Supermarktes. Den Zeugen Korbmacher hatten wir zuvor aus Sicherheitsgründen in seine Wohnung geschickt.

Wir bemerkten innen im Supermarkt dreimal einen sich bewegenden Lichtstrahl, vermutlich von einer Taschenlampe. Wir beschlossen, die Einbrecher *vor* dem Tatort zu erwarten, um eine eventuell mögliche Verfolgung und Flucht bzw. Zerstörung im Inneren des Supermarktes zu vermeiden.
Nach etwa 12 Minuten erschien an dem zertrümmerten Oberlichtfenster der Beschuldigte Lindner und stieg heraus, nachdem er sich vorsichtig nach allen Seiten umgesehen hatte. Ihm folgte direkt der Beschuldigte Schuch. Dieser reichte dem draußen stehenden Lindner das Diebesgut durch das zertrümmerte Oberlichtfenster. Es waren vier weiße, bedruckte Plastiktüten voll entwendeter Waren (siehe beigefügte Aufstellung).
Als dann auch Schuch herausgestiegen war und beide Täter zu den Fahrrädern gingen, traten wir aus unserer Deckung hervor und nahmen sie fest.
Lindner versuchte zu fliehen, konnte jedoch nach wenigen Schritten von PM Suhrbier gestellt werden. Sonst leisteten beide keinen Widerstand. Der Beschuldigte Schuch weinte heftig.
Wir stellten das Diebesgut sicher, sicherten auch die zwei Fahrräder mittels einer Kette und verbrachten die Jugendlichen, die verstockt und – besonders Lindner – wütend waren, auf die für uns zuständige PRW 23, wo wir sie dem Diensthabenden, POM Krüger, übergaben und Bericht erstatteten.
Daraufhin verständigten wir telefonisch den o. a. Kaufmann Möllenbrook in seiner Privatwohnung von dem Vorfall.
X-Stadt, 6. 5. 76
Zugegen: PM Suhrbier Unterschrift
(Meinert) POM-376-EZM

Soweit der Polizeibericht, den Herr Riemann an diesem Sonnabendvormittag im September kopfschüttelnd und ratlos zum siebten oder achten Male las.
Er fühlte deutlich, daß schon in diesem Bericht der Schlüssel

zum ganzen Fall steckte. Aber er kam nicht dahinter, wo und wie er ihn suchen sollte, auch die ersten Vernehmungsprotokolle ergaben nichts.

Weder Michael Schuch noch Mathias Lindner waren bisher irgendwie «aufgefallen» – außer daß Mathias, seinen Schulpapieren nach, die der Akte beilagen, offenbar ein ziemlich unbequemer Schüler mit schlechten Leistungen war, jedenfalls ging das aus seinen Zensuren und aus den verschiedenen Bemerkungen in den letzten Zeugnissen hervor. Aber «gerichtlich» lag weder gegen ihn noch gegen Micky bisher irgend etwas vor.

Richter Riemann zündete sich die vierte Zigarette an und blätterte in den Vernehmungsprotokollen.

Keiner der beiden Jungen hatte die Frage: «Warum habt ihr das gemacht?» beantwortet. Keiner hatte es erklären können – oder wollen.

Weder Michael Schuch noch Mathias Lindner – das hatten die ermittelnden Kriminalbeamten festgestellt und berichtet – litten unter Geldnot. Weder Michael noch Mathias mußten auf Kinobesuche, Flippern oder ähnliches verzichten, was sich Jungen in ihrem Alter so leisteten. Michael bekam von seinem Vater jede Woche fünf Mark Taschengeld, seine Großmutter steckte ihm auch immer mal einen Zehn- oder Zwanzigmarkschein zu – und darüber hinaus verdiente er mit Zeitungsaustragen monatlich rund siebzig Mark plus zwanzig Mark an Trinkgeldern.

Er hatte also rund hundertzwanzig Mark und manchmal noch mehr im Monat zur Verfügung. Und damit mußte ein Junge in dem Alter doch eigentlich auskommen können – verflixt noch mal!

Wo ließ denn der Bursche sein Geld? Und wozu noch solche Dummheiten wie dieser Einbruch?

Bei Mathias Lindner sah es nicht viel anders aus. Er hatte zwar kein regelmäßiges Taschengeld, und wenn er von seinem Vater oder von seiner Mutter mal was bekam, dann war das nie sehr

viel. Er hatte auch keine Oma, die ihm was zustecken konnte, aber er verdiente an fünf Nachmittagen jeder Woche jeweils acht bis zehn Mark, indem er für eine Blumenhandlung Topfpflanzen und Sträuße zur Kundschaft brachte.
Wenn es eine Hochzeit oder ein Jubiläum gab, war auch meist noch ein Zehner extra als Trinkgeld drin, so daß Mathias gut und gern auch auf anderthalb Hunderter und mehr monatlich kam.
Weder Micky noch Mathe besaßen Mopeds, die sie viel Geld kosteten, weder der eine noch der andere hatte sonst ein kostspieliges Hobby – keiner hielt sich Brieftauben, sammelte Briefmarken oder kaufte Bücher, keiner von beiden lief öfter als üblich ins Kino, keiner trieb einen teuren Sport wie Hockey oder Tennis . . . nichts von alldem!
Wo ließen die Jungen ihr Geld?
Wenn einer der vernehmenden Beamten der Kriminalpolizei oder Richter Riemann selbst die zwei gefragt hatte, was sie denn mit dem ganzen Geld machten, waren sie – wie auf ein Zeichen – verstummt, hatten die Schultern gehoben und nur unklare Antworten gegeben.
«Weiß nicht . . .» oder «Für Kino und mal 'ne Cola . . .» oder «Ich verpump' auch mal was und so oder lad' einen ein, der nix hat . . .», oder ähnlich lauteten die Antworten.
Und ebenso ausweichend und unklar hatten sie auf die Fragen geantwortet, warum sie überhaupt eingebrochen hätten.
Schweigen. Undeutliches Gemurmel. Gesenkte Köpfe. Gerunzelte Stirnen. Verkniffene Augen, trotzig zusammengebissene Lippen. Verkrampfte Hände – und immer öfter Angst in den Blicken.
Angst wovor?
Die Polizeibeamten auf dem Revier, der Kriminalbeamte, der Richter – alle hatten erfolglos versucht, Michael und Mathias zum Reden zu bringen. Wenn die Polizeibeamten auf der Revierwache erfolglos gewesen waren – kein Wunder. Sie hatten

die Jungen sehr grob und wie Menschen zweiter Klasse behandelt. Aller Wahrscheinlichkeit nach – aber das stand natürlich nicht im Vernehmungsprotokoll – hatten sie die beiden angeschnauzt und ihnen mit Ohrfeigen gedroht. Das hatte natürlich nur bewirkt, daß Michael und Mathias immer trotziger geworden waren.

Auch der Kriminalassistent hatte ganz offenbar, obschon der es besser wissen müßte, den Ton nicht getroffen, der die Jungen aus ihrer Bockigkeit gelöst hätte. Er hatte sie einzeln vernommen, Micky in das eine und Mathe in das andere Zimmer gesetzt, und dann hatte er den unverständlichen Fehler gemacht, die Jungen mit einer uralten Vernehmungsmasche austricksen zu wollen, um auf diese Weise von ihnen eine Aussage und ein Geständnis herauszulocken. Er hatte versucht, beide gegeneinander auszuspielen, war aber damit an die Falschen geraten, denn sie hatten den Trick gleich durchschaut und wurden daraufhin noch bockiger als zuvor.

Richter Riemann blätterte im Vernehmungsprotokoll und konnte sich ein Schmunzeln nicht verkneifen.

Das las sich so:

Niederschrift der 1. kriminalpolizeilichen Vernehmung der beschuldigten Jugendlichen Michael Schuch und Mathias Lindner am 5. 5. 76 im PR 23 X-Stadt, Zeit: 22.30 bis 23.10 Uhr
Vernehmender Beamter: KA Arno Metzner.

> «Nach der Rechtsbelehrung werden die beschuldigten Jugendlichen einzeln in Zimmern des PR 23 untergebracht und dort auch einzeln vernommen.
>
> Die Fragen zur Person beantworten beide sofort und ordnungsgemäß. Die sofortige Überprüfung der Angaben bestätigt ihre Richtigkeit.
>
> Auf die Fragen zum Sachverhalt antwortet der Beschuldigte Michael Schuch wie folgt: (Abschrift d. Tonbandaufnahme)

KA Metzner	Du gibst also zu, mit der Absicht eingebrochen zu haben, dort Zigaretten und so weiter zu stehlen?
Schuch	Ja.
KA Metzner	Rauchst du denn schon?
Schuch	Nein.
KA Metzner	Dann hast du für dich die Schokolade und die Bonbons genommen?
Schuch	(schweigt)
KA Metzner	Antworte!
Schuch	Weiß nicht. Daran hab' ich drinnen nicht gedacht.
KA Metzner	Wieso nicht? Wolltet ihr denn die Sachen nicht für euch selber haben?
Schuch	(schweigt)
KA Metzner	Na, das mußt du doch wissen! Ihr habt ja wohl vorher drüber geredet, nicht wahr?
Schuch	(schweigt)
KA Metzner	Also, wenn du mir das nicht sagen willst, dann werde ich dir mal sagen, was dein Freund Mathias Lindner nebenan soeben gestanden hat! Ihr habt den Einbruch verabredet und durchgeführt, um von dem Geld für die Beute zusammen einen Plattenspieler mit Boxen und Schallplatten zu kaufen!
Schuch	So ein Quatsch!
KA Metzner	Was ist Quatsch?
Schuch	So was kann Mathe überhaupt nicht gestanden haben. Sie wollen mich bloß verschaukeln!
KA Metzner	Verschaukeln? Wie denn verschaukeln?
Schuch	Mit so 'nem blöden Trick ... Jedem sagen, der andere hat was gestanden. Aber nicht mit mir!

KA Metzner	Was wolltet ihr denn sonst mit den ganzen Zigaretten zum Beispiel – wo du nicht mal rauchst?
Schuch	Aber Mathias raucht ja ...
KA Metzner	Also wolltet ihr die Beute nicht verscheuern, wie?
Schuch	(schweigt)
KA Metzner	Ach nein – du willst nichts mehr sagen, wie?
Schuch	(schweigt)
KA Metzner	Also dein Freund Mathias nebenan ist aber sehr viel redseliger ...
Schuch	Das glauben Sie doch wohl selber nicht ...

Soweit der Auszug aus der Vernehmungsniederschrift Teil 1 (Schuch). In der Niederschrift der Vernehmung des anderen Jungen, Mathias Lindner, sah das ganz ähnlich aus:

KA Metzner	Eben hat dein Freund Michael nebenan mir gestanden, daß ihr euch den Einbruch zusammen ausgedacht und ihn auch gemeinsam ausgeführt habt, um die Beute dann zu verkaufen und von dem Geld einen Plattenspieler oder eine Stereoanlage und Schallplatten zu kaufen. Gibst du das auch zu?
Lindner	Ich gebe überhaupt nix zu!
KA Metzner	Aber dein Kumpan hat eben –
Lindner	Michael hat so was bestimmt nicht gesagt!
KA Metzner	So! Bist du da sicher?
Lindner	Ganz sicher, der ist ja nicht blöde und sagt was, was überhaupt nicht stimmt. Das ist bloß so 'n billiger Trick von Ihnen, weil Sie mich reinlegen wollen ...
KA Metzner	Was du nicht sagst! Und vielleicht bist du dann so freundlich und erzählst mir, wofür ihr zwei die Sachen geklaut habt, ja!

Lindner	(schweigt)
KA Metzner	Ach, sieh mal einer an – jetzt bist du genauso verstockt wie dein Kumpel!
Lindner	Ich denke, der hat Ihnen so viel erzählt?

Richter Riemann klappte die Akte zu.

Er war mit seiner Weisheit am Ende. Für ihn war bei der ganzen Sache bisher nur eins klar: Michael Schuch und Mathias Lindner hatten eine Verfehlung begangen, die nach dem Strafgesetz strafbar war. Beide hatten die Tat als Jugendliche begangen – demnach waren sie nach dem Jugendgerichtsgesetz zu behandeln und zu verurteilen. Richter Riemann kannte den Text dieses Gesetzes auswendig:

Jugendgerichtgesetz (JGG)

§ 1 Persönlicher und sachlicher Anwendungsbereich. (1) Dieses Gesetz gilt, wenn ein Jugendlicher oder Heranwachsender eine Verfehlung begeht, die nach den allgemeinen Vorschriften mit Strafe bedroht ist.
(2) Jugendlicher ist, wer zur Zeit der Tat vierzehn, aber noch nicht achtzehn, Heranwachsender, wer zur Zeit der Tat achtzehn, aber noch nicht einundzwanzig Jahre alt ist.
§ 2 Anwendung des allgemeinen Rechts. Die allgemeinen Vorschriften gelten nur, soweit in diesem Gesetz nichts anderes bestimmt ist.
§ 3 Verantwortlichkeit. Ein Jugendlicher ist strafrechtlich verantwortlich, wenn er zur Zeit der Tat nach seiner sittlichen und geistigen Entwicklung reif genug ist, das Unrecht der Tat einzusehen und nach dieser Einsicht zu handeln . . .
und so weiter.

Das ist der Wortlaut der ersten Paragraphen des Gesetzes. Daran war Richter Riemann gebunden.

Michael Schuch und Mathias Lindner waren beide zur Zeit der Tat über vierzehn, aber noch nicht achtzehn Jahre alt und «nach ihrer sittlichen und geistigen Entwicklung reif genug», «das Unrecht ihrer Tat einzusehen und nach dieser Einsicht zu han-

deln» – also waren sie verantwortlich und damit auch zu bestrafen.
Nun hat ein Jugendrichter – wie überhaupt jeder Richter – zwar die Möglichkeit, mild oder streng zu bestrafen (so ein Urteil hängt also nicht nur von dem entsprechenden Gesetz ab, sondern auch von der Meinung des Richters), aber grundsätzlich ist auch das Strafmaß gesetzlich festgelegt, das heißt, es steht im Gesetzbuch, wieviel Strafe *mindestens* oder *höchstens* für ein Vergehen oder Verbrechen verhängt werden darf.
Im Jugendgerichtsgesetz heißt das so:

§ 18 Dauer der Jugendstrafe. (1) Das Mindestmaß der Jugendstrafe beträgt sechs Monate (Freiheitsentzug = Gefängnis), das Höchstmaß fünf Jahre. Handelt es sich bei der Tat um ein Verbrechen, für das nach dem allgemeinen Strafrecht eine Höchststrafe von mehr als zehn Jahren angedroht ist, so ist das Höchstmaß zehn Jahre.
Die Jugend*strafe* ist die schwerste Bestrafung, die ein Mädchen oder einen Jungen treffen kann. Sie wird auch nur bei schweren Vergehen oder Verbrechen ausgesprochen. Bei bewaffnetem Raubüberfall etwa oder bei Totschlag und Mord. Vor dieser schweren Strafe gibt es die sogenannten Erziehungsmaßregeln, das sind (laut § 9 des JGG):
1. die Erteilung von Weisungen,
2. die Erziehungsbeistandschaft,
3. die Fürsorgeerziehung.
§ 10 Weisungen. (1) Weisungen sind Gebote und Verbote, welche die Lebensführung des Jugendlichen regeln und dadurch seine Erziehung fördern und sichern sollen. Dabei dürfen an die Lebensführung des Jugendlichen keine unzumutbaren Anforderungen gestellt werden. Der Richter kann dem Jugendlichen insbesondere auferlegen,
1. Weisungen zu befolgen, die sich auf den Aufenthaltsort beziehen,
2. bei einer Familie oder in einem Heim zu wohnen,
3. eine Lehr- oder Arbeitsstelle anzunehmen,
4. Arbeitsleistungen zu erbringen,
5. den Verkehr mit bestimmten Personen oder den Besuch von Gast- oder Vergnügungsstätten zu unterlassen oder
6. bei einer Verletzung von Verkehrsvorschriften an einem Verkehrsunterricht teilzunehmen.

§ 11 (3) Kommt der Jugendliche Weisungen schuldhaft nicht nach, so kann Jugendarrest verhängt werden ...

Der Jugendarrest gehört zu den *Zuchtmitteln* im Jugendgerichtsgesetz. Dazu heißt es im Gesetzbuch:

§ 13 Arten und Anwendung. (1) Der Richter ahndet die Straftat mit Zuchtmitteln, wenn Jugendstrafe noch nicht geboten ist, dem Jugendlichen aber eindringlich zum Bewußtsein gebracht werden muß, daß er für das von ihm begangene Unrecht einzustehen hat. (2) Zuchtmittel sind

1. die Verwarnung,
2. die Erteilung von Auflagen,
3. der Jugendarrest.

(3) Zuchtmittel haben nicht die Rechtswirkung einer Strafe.

Die drei Zuchtmittel, die vom Gesetzgeber vorgesehen sind, sind also schon eine schärfere Form von Strafe. Das kann man vor allem am «Jugendarrest» sehen.

Über den Jugendarrest steht im Gesetzbuch folgendes:

§ 16 Jugendarrest. (1) Der Jugendarrest ist Freizeitarrest, Kurzarrest oder Dauerarrest.

(2) Der Freizeitarrest wird für die wöchentliche Freizeit des Jugendlichen verhängt und ist auf mindestens eine Freizeit und höchstens vier Freizeiten bemessen.

(3) Der Kurzarrest wird statt des Freizeitarrestes verhängt, wenn der zusammenhängende Vollzug aus Gründen der Erziehung zweckmäßig erscheint und weder die Ausbildung noch die Arbeit des Jugendlichen beeinträchtigt werden. Dabei stehen zwei Tage Kurzarrest einer Freizeit gleich. Die Gesamtdauer des Kurzarrestes darf aber sechs Tage nicht überschreiten.

(4) Der Dauerarrest beträgt mindestens eine Woche und höchstens vier Wochen. Er wird nach vollen Tagen oder Wochen bemessen.

Es ist für einen Jugendlichen schon wichtig, daß er diese Gesetze wenigstens ungefähr kennt, damit er weiß, was ihn erwartet, wenn er mal «Blödsinn» macht. Da kann bereits eine zerbrochene Fensterscheibe unangenehme Folgen haben – vom geklauten Kaugummi am Kiosk ganz zu schweigen.

Um Strafe oder Strafmaß ging es Richter Riemann gar nicht, als er jetzt am Schreibtisch in den Berichten und Protokollen blätterte, immer noch einmal las, was die Polizisten und der Kriminalbeamte geschrieben hatten. Und zum x-ten Male las er auch die Beurteilungen, die über Mathias und Michael von ihren Lehrern und vom Jugendamt ausgestellt worden waren. Auch daraus ergab sich keine Erklärung.
Es machte ihn etwas unsicher: Hinter Mickys und Mathes Einbruch vermutete er mehr als nur einen Jungenstreich.
Erst dann, wenn ihm klar würde, was die zwei Jungen zu dem «schweren, gemeinsamen Diebstahl» veranlaßt hatte, könnte er ein richtiges und gerechtes Urteil fällen, ein Urteil, das Micky und Mathe auch helfen könnte, ihre «Verfehlungen» einzusehen ...
Herr Riemann hatte von seiner Frau den Auftrag, während ihrer Abwesenheit nach den grünen Bohnen zu gucken, die auf dem Küchenherd standen und langsam gar wurden. Er sollte weiter nichts tun als sie mit dem Holzlöffel umrühren, damit sie nicht ansetzten. Das tat er auch auftragsgemäß alle zwanzig Minuten ganz gewissenhaft, ohne sich dadurch in seinen Überlegungen – oder besser Grübeleien – stören zu lassen.
Auch jetzt stand er gedankenverloren am Herd und rührte das wunderbar duftende Eintopfgericht um und wollte gerade wieder den Deckel auf den großen Topf decken, als die Flurtür aufgeschlossen wurde und die Familie heimkam.
«Oh, Papa am heimischen Herd!» sagte Holger lachend. «Bei uns waltet heute nicht die züchtige Hausfrau, die Mutter der Kinder, sondern der züchtige Hausherr ...»
«Was redest du wieder für 'n Quatsch?» fragte Henriette. «So 'ne komischen Ausdrücke ... ‹züchtige Hausfrau› ... waltet ... hee!»
«Schiller», sagte Holger, «Friedrich von Schiller! Das ‹Lied von der Glocke›. Habt ihr das noch nicht gehabt?»

«Nein. Wir haben überhaupt Schiller noch nicht gehabt. Und der hat so was geschrieben? ‹. . . züchtige Hausfrau . . .› und so was?»
«Ja. Zwölf Seiten voll Verse. Ganz komische –», sagte Holger.
Wenig später saßen sie zu viert um den Tisch und fingen an zu essen. Herr Riemann, der eine Weile schweigend in seinem Essen herumgestochert hatte, sagte plötzlich: «Ich habe ein Problem, Kinder – und vielleicht könnt ihr mir weiterhelfen . . .»
«Schieß los, Papa!» sagte Holger.
«Ich habe da mal wieder einen Fall», begann er, «der mir nicht klar ist. Zwei Jungen, ungefähr in eurem Alter . . . nein, ich brauche euch den Tatbestand gar nicht zu erzählen. Es ist besser, wenn ich euch mit dem ganzen dummen Drum und Dran nicht behellige . . . es geht im Grunde auch nur um die eine Frage: Warum bricht ein Junge in einen Laden ein und stiehlt dort Zigaretten und Schokolade und ein paar Flaschen Sprudel – alles zusammen im Wert von . . . na, von knapp hundertfünfzig Mark – wenn er dies Geld nicht unbedingt braucht, weil er mit einem Nachmittagsjob genug verdient . . . warum macht er das?»
Henriette und Holger überlegten.
Man sah ihnen sogar an, wie sie ihr Gehirn anstrengten. Holger saß am Tisch, den Kopf zwischen den Fäusten, und schob die Unterlippe vor. Henriette kippelte mit ihrem Stuhl und hatte nicht nur ihre Stirn, sondern auch ihre Nase in Falten gelegt.
Eine ganze Weile sagte keiner was.
Dann fing Holger an: «Ist das vielleicht ein kleiner, mickriger Junge?»
«Nein», erwiderte Herr Riemann erstaunt, «nicht kleiner als Jungen in dem Alter durchschnittlich sind – und auch nicht besonders mickrig . . . warum?»
«Ich könnte mir sonst vorstellen», sagte Holger, «daß so einer so 'n Einbruch macht, um seinen Kumpels zu imponieren, verstehst du?»

«Nein, versteh' ich nicht», sagte Henriette.
«Na ja», erklärte Holger, «kann ja sein, daß die anderen ihn ständig provozieren und anmachen – so auf diese Tour: ‹Traust dich ja nix, Birnemännchen!› – oder so Sprüche. Und da wollte er's denen mal zeigen . . .»
«Ach so . . .», sagte Henriette.
«Aber das kommt, glaub' ich, nicht in Betracht», sagte Herr Riemann, «so gut auch dein Gedankengang ist, Holger. Keiner der beiden Jungen ist irgendwie mickrig . . .»
«Vielleicht hat er es – oder haben es die beiden ja aus Rache gemacht . . .», sagte Henriette.
«Aus Rache?» Herr Riemann schaltete nicht gleich.
«Na, weil der Ladenbesitzer sie irgendwie angemotzt hat oder weil er sie beim Geldwechseln angeschissen . . .»
«Henriette!» sagte Frau Riemann mißbilligend.
«. . . angeschmiert hat?» verbesserte Henriette blitzschnell.
«Kommt ja vor!» bekräftigte Holger. «Neulich hat die Olle im Tabakgeschäft das bei mir auch versucht. Die wollte mir doch glatt ein Zweimarkstück für 'n Fünfmarkstück andrehen, diese Triefnelke!»
«Holger!» sagte Frau Riemann nun auch mißbilligend zu ihrem Sohn. Herr Riemann mußte sich ein Lachen verkneifen.
«Was soll ich der denn für 'n Titel geben, Mama?» fragte Holger. «Soll ich etwa ‹die *böse* Dame› sagen? Oder ‹diese unehrenhafte Person›? – Das klingt bloß feiner, ist aber genau dasselbe wie ‹Triefnelke›!»
«Man sagt aber nicht so was», protestierte Frau Riemann.
Herr Riemann brachte das Gespräch wieder auf das Thema:
«Du hast schon recht, Agnes», sagte er, «aber wenn man sich ärgert, kann einem schon mal eine ‹Triefnelke› rausrutschen. – Deine Idee ist gut», wandte er sich jetzt an Henriette, «aber ich glaube nicht an einen Racheakt. Erstens hätten die Jungen dann im Laden mehr zerstört, also meinetwegen Essigflaschen geöff-

net und über die Pralinen geschüttet oder die Kühltruhe abgeschaltet oder ein paar Tuben Senf über der Registrierkasse ausgedrückt – oder was es da alles so an Möglichkeiten gibt. Und zweitens ist es ziemlich unwahrscheinlich, daß sie – oder daß einer von den beiden – in diesem Laden Ärger gehabt hat, denn sie wohnen beide in einem ganz anderen Stadtteil und kaufen sicher nie da ein, wo man sie geschnappt hat ... Es ist möglich, daß sie beide, oder einer von ihnen, vorher mal dagewesen sind – um die Gelegenheit auszukundschaften, aber *Kunden* waren sie gewiß nicht. Der Ladenbesitzer hat sie bei der Gegenüberstellung auch nicht erkannt.»
«Warum willst du eigentlich wissen, aus welchem Grund die Jungens das gemacht haben?» fragte Henriette.
«Eben», sagte Holger. «Ihr habt sie erwischt, sie haben zugegeben, den Mist gebaut zu haben – okay. Nun mußt du sie verurteilen. Was kriegen sie für so 'n Einbruch?»
«In diesem Fall zwei oder drei Freizeitarreste, eine Verwarnung und vielleicht noch die Weisung, irgendeine Arbeitsleistung zu erbringen – Stadtparkarbeit, also Laub zusammenharken oder Beete umgraben oder dergleichen. Aber darum geht's mir im Augenblick gar nicht, Henriette. Ich will den Grund wissen, das Tatmotiv, wie wir Juristen es sagen, also warum sie eingebrochen und gestohlen haben – weil ich dann anders – vielleicht milder, vielleicht strenger – urteile. Wenn jemand beispielsweise ein Auto knackt, um seinen verletzten oder plötzlich erkrankten Freund zum Krankenhaus zu schaffen, dann ist das für mich eine andere Straftat, als wenn jemand ein Auto knackt, um bloß ein bißchen in der Gegend spazierenzufahren, versteht ihr? – Und wenn also die beiden Jungen mir sagen würden – oder sagen könnten –, *warum* sie in den Laden eingestiegen sind, oder wenn ich das sonstwie rausbekäme, dann könnte ich die Tat richtiger beurteilen – und demnach auch ein richtigeres Urteil fällen ... klar?»

«Klar», sagte Holger. «Aber ich fürchte, ich kann dir da nicht helfen, Papa . . . wenn die weder aus Rache noch aus Geldgier, noch aus – wie heißt das? – aus . . .»
«Geltungsbedürfnis», half Frau Riemann.
«Danke!» sagte Holger, «– also auch nicht aus Geltungsbedürfnis so 'n Scheiß . . . äh, 'tschuldigung . . . so 'n Unsinn gebaut haben, dann weiß ich auch nicht, warum.»
Herr Riemann sah seine Tochter an. Aber Henriette hob auch nur ratlos die Schultern und schwieg.
«Tja – dann wird mir wohl nichts anderes übrigbleiben, als nach den Paragraphen zu urteilen, verflixt noch mal!» murmelte Herr Riemann. Er seufzte, stand auf und erklärte, daß er jetzt die Küche machen wolle.
«Kommt nicht in Frage!» sagte Frau Riemann. «Das mach' ich mit Henriette!»
«Ich wollte eigentlich zu Ulla», maulte Henriette, «die hat gestern ein Baby gekriegt und da –»
«Was? Wie bitte?» Herr Riemann blickte Henriette verdutzt an. «Ulla? Deine Schulfreundin Ulla? Ist die . . . die ist doch auch nicht viel älter als du?»
«Ja, dreizehn», sagte Henriette, und dann begriff sie das Mißverständnis und lachte: «Nein, nicht Ulla, sondern ihr Hund, nein ihre Hündin hat ein Baby, bloß eins!»
«Ach so», sagte Herr Riemann erleichtert und lächelte verlegen. «Aber klar mußt du dahin. Also mach' ich mit Holger die Küche, ja?»
«Hm, wenn's unbedingt sein muß», sagte Holger ohne große Begeisterung. «Ich bin nicht so furchtbar scharf drauf . . .»
«Ich mache das gern», sagte Herr Riemann, «da sieht man so schön, was man geschafft hat. Erst ist alles dreckig und durcheinander – und nach einer halben Stunde alles sauber und appetitlich . . . und man kann dabei an was anderes denken . . . wunderbar! Wenn ich mal wieder auf die Welt komme, werde ich

Küchenchef in einem Hotel.»

Frau Riemann und die Kinder mußten lachen. Holgers Lachen fiel ein bißchen schief aus.

Es klingelte. Henriette lief zur Haustür. Herr Mooshaupt, der Nachbar, kam herein, ein rundlicher, mittelgroßer Mann in den Fünfzigern.

Er und Herr Riemann hatten eine gemeinsame stille Leidenschaft, das waren ihre Warmwasser-Aquarien.

«Sie müssen eben schnell rüberkommen, Herr Riemann», rief er, «eine Sensation!»

«Was denn?» fragte Herr Riemann lächelnd. «Haben Ihre Scalare tanzen gelernt?»

«Nein, Unsinn!» sagte Herr Mooshaupt. «Aber die Blackmollies, die ich mit den Cychliden gekreuzt habe . . .»

Frau Riemann hörte nicht weiter zu – und auch Henriette schaltete ab. Die Zierfischdiskussion interessierte die beiden nicht. Sie gingen in die Küche und begannen mit dem Aufräumen und Abwaschen, denn mit Vaters Hilfe war nun für die nächsten zwei Stunden nicht zu rechnen. Das wußten sie aus Erfahrung.

Allerdings kam diesmal ein überraschendes Hilfsangebot von Holger: «Ich mach' eben schnell mit, Mama», sagte er, «dann kannst du zu Ullas Baby, Henne!»

Henriette ärgerte sich sonst immer, wenn ihr Bruder «Henne» zu ihr sagte, aber jetzt war sie doch von seiner Freundlichkeit so gerührt, daß sie die Anrede überhörte.

Herr Riemann entschuldigte sich bei seiner Familie in der Küche und verließ mit Herrn Mooshaupt das Haus, um die sensationellen Zuchterfolge des Nachbarn zu bewundern. Im Weggehen sagte er noch: «Seid so nett, Kinder, und denkt bitte ein bißchen über den Fall nach, vielleicht fällt euch noch etwas ein, das mir weiterhilft, ja!»

«Ja», sagte Henriette.

«Okay», sagte Holger.

Holger lag eine halbe Stunde später bäuchlings auf der Bettcouch in seinem Zimmer und las, beide Fäuste vor den Ohren, in seinem Lieblingsbuch.
Es war eine aufregende Geschichte von zwei ungarischen Jungenbanden, die sich bekämpfen, und von einem kleinen Jungen, der ein Held ist, obschon er selber gar nicht genau weiß, was ein Held ist.
Holger las das Buch wohl zum fünften- oder gar zum sechstenmal. Er wußte genau, wie die Geschichte ausging – aber sie fesselte ihn immer wieder, und er biß jedesmal wieder wütend und ängstlich die Zähne zusammen, als der kleine Ernst Nemeszek ...
Da flog die Tür seines Zimmers auf, und Henriette kam hereingerannt.
«Holle, Mann – komm mal!» sagte sie aufgeregt, «Ich habe was entdeckt – das muß ich dir zeigen, komm!»
Holger runzelte ärgerlich die Stirn.
«Ich denke, du bist bei Ulla?» fragte er.
«Wollte ich ja auch», sagte Henriette, «aber dann hab' ich in Papas Arbeitszimmer ein bißchen ...»
«Rumgeschnüffelt ...?»
«Na ja, geguckt ... weil er uns doch gesagt hat, wir sollen uns Gedanken machen wegen der Sache ... und da hab' ich die Akte auf seinem Schreibtisch ...»
«Strengstens verboten!» sagte Holger spöttisch, richtete sich nun aber doch auf und klappte sein Buch zu. «Wenn er dich dabei erwischt, gibt's Zoff!»
«Klar – aber ...»
«Nun erzähl schon, was hast du gefunden?»
«Ich kenn' den einen Jungen», sagte Henriette. «Michael Schuch. Micky haben wir den alle genannt. Der ging in meine Klasse, als wir noch auf der Gerberstraßenschule waren. So 'n Kleiner. Erinnerst du dich nicht? Klein und mit so Locken und

meistens so graugrüne Schlotterhosen an . . . Weißt du nicht?»
«Nee», sagte Holger. «Kleine mit Locken und Schlotterhosen gab's da ja mehr. Und ich weiß sowieso nicht, wie die aus deiner Klasse aussahen. Ich weiß bloß noch, daß da so ein ganz Dicker war, der immer Äpfel futterte . . .»
«Dieter Schoon –», sagte Henriette und lachte. «Aber der Kleine, Micky – also das ist einer der beiden Jungen, die den Einbruch gemacht haben . . .»
«Ja – und?» fragte Holger.
«Und? Und ich hab' gedacht, wenn ich den doch kenne, dann könnte ich ja einfach mal hinfahren und ihn fragen. Vielleicht sagt er mir ja, warum sie in den Supermarkt eingestiegen sind. Was meinst du?»
«Wo wohnt er denn?» wollte Holger wissen.
«Kleistburgerheide . . . das ist die Siedlung, wo auch der andere wohnt.»
«Wie heißt der denn?»
«Lindner. Mathias Lindner.»
«Mathias . . . ich werd' verrückt! Das ist Mathe!»
«Was denn – kennst du den etwa auch?»
«Der war in meiner Parallelklasse, Henne!»
«Kann nicht sein. Der ist fast zwei Jahre älter als du!»
«Er kann ja mal backengeblieben sein. Woher weißt du überhaupt, wie alt er ist?»
«Steht alles in Papas Akten.»
«Komm, laß uns mal nachgucken. Wo ist Mama?»
«Die hat sich ein bißchen hingelegt.»
«Und Papa kommt von Mooshaupt sowieso so schnell nicht wieder. Außerdem sehen wir ihn von seinem Arbeitszimmerfenster aus kommen . . .»
Sie liefen leise in das kleine Arbeitszimmer ihres Vaters, nahmen vorher den Wohnungstürschlüssel und steckten ihn von innen ins Türschloß, damit sie auf alle Fälle den Vater heimkommen

hören würden – und begannen, in der zwei Zentimeter dicken Akte, auf deren grauem Pappdeckel in Druckschrift «Schuch/ Lindner» und eine Reihe Zahlen standen, zu blättern.
«Tatsächlich», sagte Holger und las halblaut: «Mathias Lindner, geboren am siebenundzwanzigsten dritten neunzehnhunderteinundsechzig ... wohnhaft in X-Stadt, Kammweg neununddreißig ... ja, richtig. Du, Henne, das ist bestimmt Mathe! Der wohnte nämlich im Kammweg, schon damals, als wir in einer Klasse waren. Ich weiß das noch so genau, weil der Piefke, unser Biolehrer, mal irgend 'ne Liste aufstellen mußte mit Namen und Adressen und so ... und da hat der noch so 'n doofen Witz gemacht: ‹Ach, Mathias Lindner, das sieht man deinem Kopf aber auch nicht an, daß du im Kammweg wohnst, hahaha!› – weil der Mathe immer so eine Strubbelfrisur hatte. – Also, das ist er ganz bestimmt!»
«Komisch, daß ich den einen kenn' und du den andern, wie?» sagte Henriette.
«Kammweg? –» Holger dachte laut. «Das ist die gleiche Siedlung wie Kleistburgerweg, ja ... das ist richtig ... Reihenhäuser, drüben hinter dem Elektrizitätswerk. Was glaubst du, Henne, wäre das sinnvoll, wenn wir da mal hinfahren?»
«Probieren schad' nix», sagte Henriette.
Sie blätterte in der Akte. Holger sah ihr zu.
«Was haben die nun genau ausgefressen?» wollte er wissen.
Henriette las ihrem Bruder die Anklageschrift vor.
«Blöd, was?» sagte sie, als sie fertig gelesen hatte.
«Saublöd», bestätigte Holger.
«Hier ist noch so ein Gutachten vom Jugendamt», sagte Henriette und wies auf das eng mit einer offenbar alten Schreibmaschine beschriebene Blatt.
«Die sollten sich auch mal eine neue Maschine leisten», sagte Holger, «guck doch, die Zeilen sind ganz schief. – Lies mal vor!»
Henriette las:

Gutachten und Bericht des Jugendamtes X-Stadt über den Schüler Michael Schuch, geb. 11. 10. 1960 in X-Stadt, Sohn des Bauarbeiters Emil Schuch und seiner Ehefrau Alma, geb. Vogel, wohnhaft X-Stadt, Kleistburgerheide 11.
Berichtender: Karlheinz Brackebusch, Sozialarbeiter beim Jugendamt der Stadt.

Der Schüler Michael Schuch wohnt im Elternhaus mit vier weiteren, jüngeren Geschwistern. Die Wohnverhältnisse sind sehr beengt, da das kleine Reihenhaus nur dreieinhalb Zimmer hat, so daß die fünf Kinder in anderthalb Zimmern (12 und 8,5 m^2) untergebracht werden müssen. Michael schläft mit seinen beiden Brüdern (8 und 5 Jahre alt) im größeren Raum, die beiden Töchter (10 und 13 Jahre alt) schlafen in der Kammer, die nur von einem Dachfenster erhellt ist.
Die Mädchen spielen und machen ihre Schulaufgaben im Zimmer der Jungen. Das Wohnzimmer der Familie dürfen die Kinder nur sonntags zum Essen oder an Feiertagen betreten, da es mit neuen, hochglanzpolierten Möbeln ausgestattet ist. Gegessen wird in der relativ kleinen Küche. Dort steht auch das Fernsehgerät auf einem Bord. Wenn alle sehen wollen, müssen sich die kleineren Kinder in die offene Küchentür zum Flur stellen, weil sonst kein Platz für den Sessel ist, der für den Vater abends aus dem Wohnzimmer geholt wird.
Herr Schuch macht einen ordentlichen, arbeitsamen Eindruck. Er genießt in der Nachbarschaft ein gutes Ansehen, gilt als ehrlicher und fleißiger Mann, obschon er offenbar wenig Freunde hat. Das kann jedoch auch daran liegen, daß er sehr wortkarg und verschlossen ist. Sch. ist ein sehr strenger Ehemann und Vater. Sein Wort hat absolute Gültigkeit im Haus, sowohl bei den fünf Kindern wie auch bei Frau Schuch, deren Sätze nahezu alle mit der Redewendung «Mein Mann sagt . . .» beginnen.
Herr Sch. straft seine Kinder mit Essensentzug und in schwere-

ren Fällen auch mit Schlägen. Frau Sch. wirkt verbraucht und viel älter als ihr Mann, obschon sie drei Jahre jünger als er ist. Sie hat nach der Geburt des fünften Kindes ihre Stellung als Küchenhilfe in der Gaststätte «Turnerheim» aufgegeben, weil sie die Arbeit gesundheitlich nicht mehr bewältigte. Eine Erholungskur in einem Müttergenesungsheim hat sie vorzeitig abgebrochen, weil ihre jüngere Tochter an Diphtherie erkrankt war und alle Kinder deshalb im Hause isoliert bleiben mußten.
Michael Schuch ist ein stiller, dem Vater sehr ähnlicher, für sein Alter kleiner Junge. Seine Auffassungsgabe ist normal. Er hatte bis zum Schulanfang Sprachschwierigkeiten (leichtes Stottern), die sich jedoch heute kaum mehr bemerkbar machen und im wesentlichen als überwunden angesehen werden können.
Die Leistungen und das Verhalten in der Schule gaben bisher nicht zu Beanstandungen Anlaß. Michael Sch. ist nicht auffällig geworden.
Sein Vater beklagt den Umgang des Jungen. Er hat ihm zwar verboten, mit dem Schüler Mathias Lindner zu spielen, aber er kann nicht kontrollieren, ob das Verbot beachtet wird. Er vermutet, daß sich Michael trotz des Verbotes weiterhin mit Lindner und anderen älteren und jüngeren Jungen der Siedlung, die Herr Sch. als «die Bande» bezeichnet, trifft.
Vom Typ und der Anlage her scheint dem Unterzeichneten Michael Sch. zwar anfällig für kleinere Straftaten zu sein, doch fehlen ihm die Charakterzüge, geistiger Urheber, Anstifter oder Rädelsführer zu werden.
Auch Geldmangel oder materielle Not dürften bei ihm kein Anlaß zur Verübung strafbarer Handlungen sein, die auf Gewinn zielen. Er erhält von seinem Vater wöchentlich fünf Mark Taschengeld, wovon er allerdings kleine Schulausgaben tragen muß, über die er aber sonst nicht abzurechnen braucht. Seine Großmutter, die Mutter von Frau Sch., die verwitwet im Stadtteil Neuwiesen wohnt und deren «Lieblingsenkel» Michael zu

sein scheint, steckt ihm zeitweilig ein paar Mark zu, und außerdem verdient er als Zeitungsbote für die X-Stadter Nachrichten wöchentlich einschließlich Trinkgeld etwa 20–25 DM. Bei der Vertriebsstelle der Zeitung gilt Michael Sch. als zuverlässiger und pünktlicher Junge.

X-Stadt, am 16. Juni 1976 *gez. Karlheinz Brackebusch*

«So ein langer Sermon!» sagte Holger, als Henriette die Akte zuklappte. «Und nun weiß ich immer noch nicht, warum Micky mit Mathe in den Laden eingebrochen ist. Weißt du's?»
«Nein», sagte Henriette. «Wegen Geld also nicht, schreibt der Mann vom Jugendamt. Ein Rocker ist Micky auch nicht, wie's scheint. Vielleicht hat er 'ne Wut auf den – wie heißt der –, auf den Kaufmann Dingsbums ...? Ich komm' nicht auf den Namen, verflixt!»
«Möllenbrook», half Holger, «Karl Anton Möllenbrook – aber das mit der Wut kann ich mir auch nicht denken, Henne, der Laden ist in einem ganz anderen Stadtteil ... woher sollte Micky oder Mathe den überhaupt kennen? Und wie sollten sie Wut auf einen kriegen, den sie überhaupt nicht kennen?»
«Ich weiß auch nicht», sagte Henriette. «Im übrigen wäre ich dir schon wirklich dankbar, wenn du dir das abgewöhnen würdest!»
«Was? Was abgewöhnen?» fragte Holger erstaunt.
«Daß du immer ‹Henne› zu mir sagst, Mensch!»
«Was ist denn da so schlimm dran? Du sagst ja auch ‹Holle› zu mir. Mich stört das nicht!»
«Na ja, ‹Holle› klingt ja auch nicht so belämmert wie ‹Henne›!»
«Nicht so belämmert? Wieso nicht?»
«Bei Henne – da denken alle gleich an Flügelschlagen und Gakkern und Eierlegen ... das ist doof. Kannst du nicht einfach bloß Henriette sagen?»
«Einfach bloß ... wenn das bloß einfach wäre, du! Aber Henriette ist überhaupt nicht auszusprechen, ohne daß man sich

dabei die Zunge bricht. – Soll ich vielleicht besser Jette sagen?»
«Meinetwegen – sag Jette . . . aber nicht ‹Henne›!»
«Okay, wenn's dir so auf die Nerven geht . . . Und was machen wir nun mit Micky und Mathe?» fragte Holger.
«Wir fahren hin – oder?» schlug Henriette vor. «Und gleich, wie?»
«Am besten gleich, ja – oder mußt du jetzt zu deiner Hundebaby-Ulla?»
«Nein», sagte Henriette. «Laß uns mal gleich losfahren, das Baby kann ich auch noch heute abend begucken. Ist dein Fahrrad in Ordnung?»
«Mein Fahrrad ist immer in Ordnung», protzte Holger.
«Wenn es nicht gerade 'nen Platten hat oder verbogene Speichen», spottete Henriette.
Sie flachsten noch ein bißchen hin und her, gingen aber dennoch ganz vergnügt und friedlich miteinander aus dem Haus und zur Garage, um ihre Fahrräder herauszuholen.
Als sie gerade aufsteigen wollten, kam Herr Riemann aus dem Nachbarhaus.
«Hallo!» rief er. «Wohin wollt ihr?»
«Zu Henriettes Freundin!» schwindelte Holger.
«Ach so – die mit dem Baby!» lachte Herr Riemann. «Dann mal viel Spaß. Fahrt schön vorsichtig! Und kommt vor Dunkelheit zurück, hört ihr! Funktioniert das Licht an euren Rädern?»
«Ja, alles okay, Papa!» rief Henriette.
Sie fuhren ab.
«Warum hast du eigentlich geschwindelt?» fragte Henriette als sie nebeneinander fuhren. «Wir hätten ihm doch ruhig sagen können, daß wir zu den Jungs in die Siedlung fahren wollen.»
«Du bist eine Schafsnase», sagte Holger, «er hätte doch sofort gefragt, wie wir an die Namen und Adressen herangekommen sind. Und dann hätten wir sagen müssen, daß wir in seinem Arbeitszimmer die Akten durchstöbert haben – und dann –»

«Ja, klar – 'tschuldige, daran habe ich nicht gedacht . . .», sagte Henriette.
«Bitte sehr», sagte Holger friedfertig. Die beiden verstanden sich gerade ausnahmsweise gut, und das war auch wichtig, denn es stand ihnen – ohne daß sie es ahnten – allerlei bevor.

Spott und Spannung – aber keine Spur

Die Siedlung, in der sich die Straßen Kleistburgerheide und Kammweg befinden, liegt am Ostrand von X-Stadt zwischen dem neuen, vierspurigen Zubringer zur Autobahn, dem Elektrizitätswerk und dem Flüßchen mit dem seltsamen Namen «Krakel».
«Holger Riemann, der Detektiv», kicherte Henriette, als sie sich der Siedlung näherten, «der Rächer der Enterbten, der Robin Hood von X-Stadt und Umgebung, auf dem Wege zu neuen Taten.»
Holger lachte.
«Jette, die Kommissarin mit den eisernen Nerven, die Spürnase, die ganze Generationen von Ganoven zum Zittern zwingt!»
Henriette lachte auch.
Der Himmel hatte sich eingetrübt. Das graue Licht machte die grauen, eintönigen Fronten der Reihenhäuser, die wie angetretene Soldaten aussahen, noch trostloser, als sie ohnehin waren.
Die beiden hielten an und fragten einen Mann, der sein Auto wusch, nach der Kleistburgerheide.
«Hinter der Ladenzeile die erste rechts», sagte er. «Zu wem wollt ihr denn?»
«Zu Schuch», sagte Henriette.
«Ach so», – der Mann wußte Bescheid –, «die wohnen am oberen Ende . . . gegenüber ist 'ne Telefonzelle.»

«Danke!» sagte Henriette.
«Hier kennt jeder jeden», sagte Holger, als sie weiterfuhren.
«Wie im Dorf», meinte Henriette.
Sie fanden das Haus. Henriette ging zur Tür und klingelte, Holger blieb bei den Fahrrädern. Eine mollige Frau in einer dunkelblauen Kittelschürze öffnete. Sie war blaß und hatte dunkle Schatten unter den Augen.
«Was willst du?» fragte sie mit einer rauhen, leisen Stimme.
«Ich wollte zu Michael», sagte Henriette und verbesserte sich gleich: «– zu Micky, bitte!»
«Wer bist du denn, dich kenn' ich doch gar nicht?» sagte die Frau.
«Ich bin Henriette. Wir waren zusammen in einer Klasse», erklärte Henriette. Sie vermied es, ihren Familiennamen zu nennen – vielleicht wußte Frau Schuch, daß der Richter, der ihren Jungen vernommen hatte, Riemann hieß.
«So? In einer Klasse?» Frau Schuch blinzelte mißtrauisch. «Wann denn?»
«Vor drei Jahren. In der Gerberstraßenschule.»
«Ach so.» Frau Schuch überlegte. Sie wischte sich die Hände an der Kittelschürze ab, und dann raffte sie sich zu der Auskunft auf: «Micky ist aber nicht zu Hause.»
«Und wo ist er?» fragte Henriette hartnäckig.
«Wenn ich das wüßte, du meine Güte!» rief Frau Schuch. «Wissen deine Eltern denn vielleicht immer, wo du hingehst, was?»
«Nein», sagte Henriette. Sie blieb stehen. Aus dem Reihenhaus kamen hinter Frau Schuch ein kleiner Junge, ungefähr fünf bis sechs Jahre alt, und ein etwa zehnjähriges Mädchen an die Tür. Sie standen neben der Frau und guckten Henriette an. Der Junge fing selbstvergessen an zu popeln.
«Du willst zu meinem Bruder?» fragte das Mädchen, das wohl zugehört hatte.
«Ja, zu Micky», sagte Henriette.

«Der ist sicher bei Lindners in der Gartenlaube!» sagte das Mädchen, worauf die Frau es ins Haus zurückschob und irgendwas Unverständliches zischte. Gleichzeitig gab sie dem Jungen einen Klaps auf die Popelhand. Der Junge fing an zu brüllen. Die Frau warf Henriette einen ärgerlichen Blick zu, zog den brüllenden Jungen ins Haus und schloß die Tür.
Henriette sah sich ratlos nach Holger um.
«Komm, Jette!» rief der und winkte.
Henriette wandte der verschlossenen Tür den Rücken zu und lief zu Holger.
«So was!» sagte sie.
«Komisch!» Holger stimmte ihr zu. «Und wie sie die Schwester gleich reingeschubst hat, als die was von Lindner sagte!»
«Ja. Aber das hat ja schon in dem Bericht vom Jugendamt gestanden, daß Micky eigentlich mit dem Mathias Lindner keinen Umgang haben soll, weil der Vater es nicht will. Deshalb war sie wohl gleich sauer.»
«Oder ängstlich, daß ihr Mann das hört», meinte Holger.
«Nun müssen wir die Gartenlaube finden», sagte Henriette.
«Okay», sagte Holger.
Sie fuhren die Straße zurück. Der Mann, den sie vorhin gefragt hatten, war inzwischen weg. Drei kleine Mädchen liefen Rollschuh auf dem Parkplatz. Eines zeigte ihnen den Weg.
Hinter dem letzten Reihenhaus erstreckte sich ein Kleingartengelände bis hinunter zum Flüßchen. Dort mußte wohl auch die Gartenlaube sein, von der Michael Schuchs kleine Schwester geredet hatte.
Da waren ungefähr siebzig bis achtzig Gartenlauben, große, kleine, gerade, schiefe, graue, bunte, selbstgezimmerte Fertigbauhütten, schlichte und verzierte. Um das ganze Gelände lief ein anderthalb Meter hoher Maschendrahtzaun mit zwei Toren. Über dem größeren, dem Haupteingang, war zwischen den Pfosten ein langes Holzschild angebracht. Darauf war in altmo-

dischen Buchstaben gemalt: «Kleingärtnerverein Sonnenland e. V.» Rechts und links an den Pfosten waren kleinere Tafeln angebracht: «Unbefugten ist der Zutritt verboten!» und «Radfahrer absteigen!»

In einem der Schrebergärten neben dem Haupteingang hockte ein alter Mann mit einem riesengroßen, knallgelben Strohhut über seinem Radieschenbeet und zupfte Unkraut. Holger sprach ihn an.

«Ach, bitte, entschuldigen Sie – wo finden wir wohl die Gartenlaube von Familie Lindner?»

Der Mann richtete sich schwerfällig auf, schob den Hut ins Genick, legte die erdverkrustete Hand hinters linke Ohr und fragte: «Wie? Was hast du gesagt?»

«Wir suchen den Garten von Lindner!» rief Henriette.

«Lindner? – Ach ja, ich weiß schon, Lindner . . . da müßt ihr den Nebeneingang rein und den Mittelweg runter fast bis an den Fluß, 'ne große Laube mit 'm Wellblechdach, rechter Hand . . .»

Holger und Henriette bedankten sich. Der Alte ließ sich ächzend wieder auf die Knie nieder.

Die wellblechgedeckte Laube – die einzige in der ganzen Reihe – war leicht zu finden. Holger und Henriette lehnten ihre Räder gegen den Gartenzaun und gingen durch die unverschlossene Pforte in den Schrebergarten, der sich dadurch von den umliegenden Gärten unterschied, daß es in ihm keine sorgfältig abgesteckten Beete mit Blumen oder Gemüsepflanzen, sondern nur verwildertes Gras und viele Obstbäume gab. Einige hingen noch voller Äpfel und Birnen.

An der Laube standen mehrere Fahrräder und zwei Mofas.

«Laß mich erst mal», sagte Holger. «Ich kenn' den Mathe doch, und wenn da ein Mädchen mitkommt, schalten die vielleicht auf stur . . .»

«Gut, ich bleib' hier bei den Rädern», sagte Henriette.

Holger lief unter den Bäumen auf die verwitterte Laube zu. Er

hätte sich gern einen der rotbäckigen Äpfel gepflückt, aber er wußte nicht, ob das ohne Ärger gehen würde – also ließ er es sein. Als er näher kam, hörte er Stimmen in der Gartenlaube – Jungenstimmen. Der Eingang befand sich auf der anderen Seite in einer Art Windfang aus Latten, die, ganz mit wildem Wein zugewachsen, eine richtige grüne Höhle bildeten.
Noch bevor Holger die Tür erreicht hatte, verstummten die Stimmen innen. Er mußte durch eins der kleinen, staubigen Fenster gesehen worden sein. Die Brettertür öffnete sich, und ein Junge kam heraus, ungefähr in Holgers Alter. Er trug trotz der Spätsommerwärme einen dicken Rollkragenpullover und machte ein mürrisches Gesicht.
«Was willst du? Wer bist du?» fragte er.
«Ich will Mathe Lindner sprechen oder Micky Schuch – oder beide, wenn sie beide da sind», sagte Holger.
«So . . .», der mürrische Junge drehte sich halb um und rief über die Schulter ins Innere der Laube: «Mathe, Micky – da ist Besuch für euch. So 'n Lackaffe!»
‹Idiot›, dachte Holger, aber er sagte nichts, denn Stunk war das, was er hier überhaupt nicht gebrauchen konnte.
In der Tür, neben dem Mürrischen im Rollkragenpullover, erschien ein kleiner, weißblonder Junge mit Locken. Das mußte – Henriettes Schilderung nach – Micky sein.
«Was'n los? Wer bist du?» fragte er.
«Ich wollte Mathe und dich mal sprechen», sagte Holger.
«Ich kenn' dich nicht», sagte Micky und legte argwöhnisch den Kopf schief.
«Ich heiße Holger. Mathe kennt mich. Ist er da?»
«Mathe!» rief Micky nach hinten. «Kennst du einen, der Holger heißt?»
«Wir waren vor drei Jahren zusammen in einer Klasse!» ergänzte Holger.
«Er war vor drei Jahren mit dir in einer Klasse, behauptet er.»

Innen wurde eine Stimme laut.
«Holger? Doch nicht Riemann? Holger Riemann?»
Das war Mathe. Aber gleich danach rief eine dunklere Stimme: «Doch nicht von dem Richter?»
Holger wußte nicht, was er sagen sollte. Der mit dem dicken Pullover wurde jetzt von Mathe beiseite geschoben, hinter Mathe aber tauchte ein anderer, großer Junge auf. Sein Schnurrbart sah aus, als wären die Motten drin gewesen. Er hatte eine Zigarette im Mundwinkel und betrachtete Holger wie eine Spinne oder sonst etwas Ekliges.
Holger ging auf Mathe zu und reichte ihm die Hand. Mathe zögerte, nahm aber dann doch Holgers Hand und sagte erstaunt: «Was willst du denn hier, Holle? Weißt du, daß dein Alter Vorsitzender in dem Scheißprozeß ist, den ich am Halse hab'?»
Noch bevor Holger antworten konnte, mischte sich der Große ein. Er spuckte die Zigarette aus und trat einen Schritt vor.
«Tatsächlich der Knabe von dem Jugendrichter? – He, das ist aber ein Ding! Du, dein Alter hat mir voriges Jahr einen übergebraten – drei Wochen Dauerarrest. Mein ganzer Urlaub im Arsch . . . jetzt will er Micky und Mathe fertigmachen – und du kommst hierher . . . bißchen spitzeln, was? Rauspuhlen, was der Herr Richter nicht selber rauskriegen kann, wie? – Hau du bloß ab, sag' ich dir! Aber mit Dampf, mein Herzchen!»
«Ich will doch nur . . .», sagte Holger, aber da hob der Große drohend die Faust und hätte wahrscheinlich zugeschlagen, wenn Mathe ihm nicht in den Arm gefallen wäre.
«Hör auf, Bello!» rief er. «Laß den in Ruhe und mach keinen Mist!» – Und zu Holger gewandt sagte er: «Hau ab, Holle!»
Holger machte kehrt und ging unter den Bäumen zurück zum Zaun, an dem Henriette bei den Rädern wartete.
Er hatte etwa zehn Schritte gemacht, als der Große plötzlich neben ihm war. Holger blieb stehen. Der Junge stand nur einen Schritt von ihm entfernt. Holger sah, daß er unheimlich wütend

war, und kriegte es richtig mit der Angst.
«Laß dich bloß nicht wieder hier sehen!» sagte der Junge heiser. Er verschränkte die Arme über der Brust, als ob er sich damit selber bremsen wollte. Er trug eine graue Arbeitsjacke, die voll Farbspritzer war. Auch an seinen Händen waren Farbspritzer.
«Komm her und mach keinen Scheiß!» riefen Mathe und Micky von der Laube herüber.
«Nie wieder!» sagte der Junge und kniff die Augen zusammen. Dann drehte er sich um und ging zu den anderen. Holger machte sich mit klopfendem Herzen davon.
«Und sag deiner Butze, das gilt auch für sie!» schrie der Große ihm nach. «Macht bloß 'ne Fliege!»
Holger gab sich große Mühe, nicht schneller zu laufen, obschon es ihn in den Beinen juckte. Er brauchte keine Minute bis zum Zaun, aber die Zeit kam ihm so lang vor wie eine Stunde Mathematik.
«Was war los?» fragte Henriette. «Du bist ja richtig blaß!»
Holger berichtete.
«Und Micky und Mathe haben überhaupt nicht mit sich reden lassen und zugeguckt, wie der dich weggescheucht hat?» fragte sie, als Holger fertig war.
«Ja», sagte er nur.
«Komm, laß uns erst mal weg von hier», sagte sie. «Alles andere können wir nachher bereden . . .»
Sie schoben ihre Räder eilig den Mittelweg entlang aus dem Schrebergartengelände hinaus, sprangen auf und radelten schnell davon. Dort, wo die westliche Ecke der Siedlung an die Krakel stieß, hatte man ein paar Bäume stehenlassen. Dieser Minipark war mit einem halben Dutzend grüner Holzbänke bestückt. Keine war besetzt.
Henriette stieg vom Fahrrad, stellte es an einen Baum und setzte sich auf die erste Bank.
Holger folgte ihr.

«Erzähl noch mal – und zwar ganz genau!» forderte sie ihn auf.
Holger wiederholte seinen Bericht und bemühte sich, keine Einzelheit zu vergessen.
«Sah es so aus, daß die Jungen Angst vor dem Großen hatten?» wollte Henriette wissen.
Holger überlegte.
«Ja – ich glaube schon. Auch wenn Mathe ihm in den Arm gefallen ist, als er ausholte – der ist da bestimmt der Boß. Jedenfalls hätten wir ohne ihn wahrscheinlich mit den Jungs reden können.»
«Sag mal, wie sieht er aus?» sagte Henriette.
Holger schilderte ihn seiner Schwester, so gut es ging.
«Farbspritzer?» fragte sie.
Holger nickte.
«Könnte der noch auf eine Schule gehen?»
«Der ist höchstens siebzehn, achtzehn. Auf unserer Schule sind ja welche über zwanzig in den Oberklassen.»
«Okay –», überlegte Henriette laut, «aber glaubst du, daß er auf ein Gymnasium geht? Ich meine, so wie er geredet hat und so . . .»
«Ich weiß nicht», sagte Holger.
«Überleg doch mal!» drängte Henriette. «Redet er wie einer vom Gymnasium oder wie einer, der in die Lehre geht?»
«Reden die denn anders?» Holger war erstaunt.
«Aber klar», sagte sie. «Ist dir das noch nicht aufgefallen?»
«Nee.»
«Das ist ganz deutlich», sagte Henriette, «und wenn du's dir mal genau bedenkst – das ist wahrscheinlich auch einer der Gründe, warum es immer Streit und Stunk zwischen Leuten gibt.»
«Weil sie verschieden reden, gibt's Stunk? Das kapier' ich überhaupt nicht.»
«Ist doch ganz einfach», erklärte sie. «Auf den höheren Schulen lernt man anders denken und also auch anders reden. Dann

haben die, die so 'ne Schule besucht haben, einen größeren und anderen Wortschatz als die, die nur auf eine Hauptschule gegangen sind. Bei denen dreht sich das, was sie denken und reden, eben immer bloß um das, was sie wissen. Um Essen und Trinken und Fußball und Kinderkriegen, Fernsehen und Auto ...»
«Na und?» fiel Holger ein. «Das ist doch schon 'ne Menge. Und was schadet das denn?»
«Versteh doch – die zwei können nicht mehr richtig miteinander reden. Außerdem gibt es da noch so Geldunterschiede bei den Familien.»
«Hm ...» Holger wiegte nachdenklich den Kopf, «... so ungefähr kann ich mir schon vorstellen, was du meinst – aber was soll man dagegen machen?»
«Weiß ich auch noch nicht», sagte Henriette, «vielleicht beßre Schulen und mehr Lehrer – kann sein, daß das schon ein bißchen was bringt –»
«Worüber du so nachdenkst!» Holger bewunderte seine Schwester. «Und was hat das nun mit dem zu tun, der mich aus dem Schrebergarten verscheucht hat?»
«Wenn er der Boß ist, wie du sagst – und wenn die anderen Angst vor ihm haben –, dann könnte es ja sein ... ach, ich weiß nicht!» sagte Henriette. «Komm, wir fahren nach Hause! Ich will noch den kleinen Hund begucken ...»
«Ich könnte ja mal in der Woche nachmittags versuchen, ob ich den Mathe irgendwo zu fassen kriege, wenn keiner dabei ist. Dann läßt er vielleicht mit sich reden. Wenn ich ihm klarmachen kann, daß wir ihm helfen wollen ...» Holger schob die Unterlippe vor. Das war bei ihm immer ein Zeichen, daß er über irgendeinem Problem brütete.
«Ja – das wäre eine Möglichkeit», sagte Henriette, aber es klang nicht sehr hoffnungsvoll.
Sie fuhren los, ließen den Park, die Siedlung und ihre Enttäuschung hinter sich und machten sich auf den Heimweg.

Nach zehn Minuten sagte Holger plötzlich: «Wollen wir nicht den Umweg machen und uns mal den Laden angucken?»
Henriette wußte sofort, welchen Laden er meinte.
«Okay», sagte sie. «Wo ist er?»
«Am Wiesendamm», sagte Holger, «beim Hallenbad. Kein großer Umweg.»
«Aber es ist Sonnabend nachmittag, der Laden ist zu», sagte Henriette.
«Langer Sonnabend – wie jeden ersten Sonnabend im Monat», korrigierte Holger. «Und jetzt ist es fünf – müßte eigentlich noch geöffnet sein.»

Der Laden war auch noch geöffnet, als sie eine Viertelstunde später das ziemlich große Geschäft – Möllenbrooks Supermarkt – erreichten. An der Seitenfront war ein etwa fünfzehnjähriges Mädchen in grauem Arbeitskittel dabei, mit heißem Wasser und einem Plastikschaber lange Papierstreifen von der Schaufensterscheibe zu lösen.
... DERANGEBO ... stand noch da, die Anfangs- und Endbuchstaben waren schon verschwunden und kringelten sich als nasse Papierwürstchen auf den Steinen des Bürgersteigs.
Das Mädchen machte ein mißmutiges Gesicht, die Papierstreifen klebten sehr fest.
Henriette, die ihr Rad neben Holgers in den Fahrradständer des Supermarkts geschoben hatte, stieß ihren Bruder an und sagte: «Wir könnten das Mädchen ein bißchen ausfragen, was meinst du?»
«Wie denn?» fragte Holger.
«Laß mich mal machen ... komm!»
Sie ging auf das Mädchen zu.
«So 'ne Scheißarbeit!» sagte sie. «Warum mußt du das denn allein machen? Das geht zu zweit viel besser.»

«Du bist ja ’ne ganz Schlaue!» knurrte das Mädchen über die Schulter. «Willst du vielleicht mitmachen?»
«Hm, warum nicht?» sagte Henriette, nahm den Lappen aus dem Eimer mit heißem Wasser und weichte sorgfältig den zweiten langen Papierstreifen ein, der die linke Schaufensterseite bedeckte. FRANZÖS. ROTWEIN LITERFLASCHE NUR 2.85 stand darauf.
Das Mädchen war so verblüfft, daß es die Hand mit dem Plastikschaber sinken ließ, sich umdrehte und Henriette und Holger zwanzig Sekunden lang mit offenem Mund anstarrte.
«Kratz nur weiter!» sagte Henriette. «Oder soll mein Bruder dich mal ablösen, und du holst inzwischen neues Heißwasser aus dem Laden?» Und schon hatte Holger dem Mädchen den Kratzer aus der Hand genommen und fing an, am ersten Plakat weiterzuschaben. . . . RANGE . . . war jetzt nur noch zu lesen.
«Was habt ihr eigentlich davon?» fragte das Mädchen, immer noch irritiert.
«Bloß so . . .», sagte Holger.
«Weil wir dir helfen wollen», sagte Henriette, «sonst wirst du bis zum Ladenschluß sowieso nicht fertig – oder? Bis wann mußt du arbeiten?»
«Heute bis sechs!» sagte das Mädchen. «Aber . . . aber was soll ich meinem Chef sagen?»
«Sag ihm, daß wir Freunde sind oder Nachbarn oder zusammen in die Schule gegangen sind oder sonstwas . . . das ist doch egal, oder?»
«Und nun hol man neues Heißwasser!» fügte Holger hinzu.
«Okay», sagte das Mädchen verwirrt und lief mit dem Eimerchen in den Supermarkt.
«Du bist ein ganz schöner Trickser!» sagte Holger, als sie allein waren.
«Trickserin», verbesserte Henriette. «Aber von nix kommt nix, Holle. Wenn du was kriegen willst, mußt auch was dafür tun!»

Das Mädchen brachte das heiße Wasser.
«Ist mir in meinem ganzen Leben noch nicht passiert!» sagte es.
Henriette tauchte den Putzlappen wieder ein, verzog das Gesicht, weil das Wasser sehr heiß war, und wedelte den Lappen zum Abkühlen ein bißchen in der Luft. Dann klatschte sie ihn wieder an den Plakatstreifen.
«So alt bist du nun auch noch nicht, daß dir nichts Neues mehr passieren kann!» verkündete Holger.
«Ich werd' sechzehn», sagte das Mädchen.
«Und wie heißt du?» fragte Henriette.
«Ilse», sagte das Mädchen, «aber alle sagen bloß Ille.»
«Ich heiß' Holger», sagte Holger, «und meine Schwester heißt Henriette – aber weil das keiner aussprechen kann, nennen alle sie He . . . äh, Jette!»
«Komm, mach mal weiter!» sagte Henriette. «Du bist noch 'n bißchen größer, ich komm nicht an die obere Kante.»
Das Mädchen nahm den Lappen und weichte den Plakatstreifen weiter ein. Inzwischen hatte Holger das rechte Plakat schon bis auf die Buchstaben NG abgekratzt.
«Wir brauchen noch einen zweiten Lappen», sagte er, «damit ich die Reste noch mal naß machen kann . . .»
Ille riß ihren Lappen mit einem Ruck in zwei Teile und warf Holger die eine Hälfte zu.
Henriette fragte: «Ist das der Laden, in dem neulich eingebrochen worden ist?»
«Ja», sagte das Mädchen. «Im Mai. Zwei Jungs. Die haben sie auf frischer Tat geschnappt . . .»
Holger machte sich mit seinem Kratzer an das aufgeweichte Rotwein-Plakat und schob das Papier in breiten Fladen vom Schaufensterglas.
Henriette tauchte die eine Lappenhälfte noch einmal ins heiße Wasser und wischte damit über die Papierreste an der rechten Fensterseite

«Warst du damals schon hier?» fragte Holger.
«Klar. Ich bin im zweiten Lehrjahr!» sagte das Mädchen. «Das war echt 'ne Aufregung. Die Kripo und welche vom Abendblatt. Sie haben mich sogar fotografiert. Aber das Bild kam nicht in die Zeitung.»
«Kennst du die Jungs?» fragte Henriette.
«Nein», sagte Ille – und dann runzelte sie plötzlich mißtrauisch die Stirn und sah Holger und Henriette mit schmalen Augen an. «Warum wollt ihr das wissen?»
«Schwer zu erklären», sagte Henriette.
«Wir wollen gerne wissen, *warum* die beiden das überhaupt gemacht haben», sagte Holger. «Der eine ging mal in meine Klasse, und ... und ich bin mit ihm befreundet gewesen, sozusagen, verstehst du?»
«Aber das weiß ich auch nicht», sagte das Mädchen. Es nahm jetzt Holger den Kratzer aus der Hand und schabte selbst weiter.
«Ist denn in der Zeit – ich meine *vor* dem Einbruch – hier mal irgendwas Besonderes im Laden losgewesen?» fragte Henriette.
«Nein, kann mich nicht erinnern ...», sagte das Mädchen. «Was soll denn Besonderes ...?»
«Hat es mal irgendwelchen Ärger gegeben – oder ist irgendwas Ungewöhnliches passiert?» fragte Henriette weiter. «Vielleicht Krach mit einem Kunden oder so was?»
«Nee ... nix!» sagte Ille.
Das Fenster war inzwischen frei von Papier. Nun mußte es nur noch sauber gewischt werden. Und die Fetzen auf der Erde mußten noch weg.
«Schönen Dank für die Hilfe!» sagte Ille. «Tut mir ja leid, daß ich euch nichts sagen konnte ...»
«Ja ... schade», sagte Henriette. «Wir möchten den Jungs so gerne helfen, weißt du ...»
Aus dem Laden kam ein großer, dicker Mann in einem weißen Kittel. Er hatte ein rotes Gesicht, eine glänzende, rote Glatze

und drumherum einen schneeweißen Haarkranz, der wie aus Watte schien. Als der Mann anfing zu reden, blitzten zwischen seinen dicken Lippen mehrere goldene Zähne.
«Was macht ihr denn hier?» sagte er mit einer hellen Stimme, die gar nicht zu seinem massigen Körper paßte. «Was wollen die?» fragte er das Lehrmädchen.
«Wir haben Ille eben geholfen!» sagte Holger.
«Das ... das sind die Kinder von unserm Nachbarn», sagte Ille verlegen. «Die haben mir geholfen, Herr Möllenbrook!»
«Aha!» sagte der Mann. «Aha, geholfen? Und warum habt ihr geholfen, wie? Wollt was dafür haben, oder?»
«Nein», sagte Henriette verblüfft. Auf den Gedanken war sie noch gar nicht gekommen.
«Ihr helft umsonst? Na, so was!» Herr Möllenbrook verzog den Mund zu einem ungläubigen Grinsen.
Und da machte Holger einen Fehler:
«Es denken ja nicht alle Leute immer bloß an Geld, Herr Möllenbrook!» sagte er.
Herr Möllenbrook zwinkerte und schüttelte ganz kurz und schnell den Kopf, wie einer, dem ein Wasserspritzer ins Gesicht geflogen ist, dann schnaufte er – und dann fing er an zu bölken:
«Ach nee! Bürschchen! Daher weht der Wind! Das hab' ich gerne! Einem vorwerfen, daß man Geld verdient! Na, da seid ihr bei mir aber an den Richtigen gekommen, Herrschaften! Das sind ja ganz genau die Ideen, die ich liebe! Und ihr wollt mir wohl meine Angestellten hier verhetzen ... wie?» Er schnappte nach Luft und wurde immer röter. Holger versuchte, ihn zu beruhigen.
«Das haben Sie völlig falsch verstanden!» sagte er.
«Wir haben doch nur ...», warf Henriette ein – aber sie wurde von einem neuen Zornesausbruch gehindert.
«Haut ab!» schrie Herr Möllenbrook. «Und zwar fix! Und laßt euch hier ja nicht wieder blicken!»

Und dann wandte er sich an Ille, die mit aufgerissenen, angstvollen Augen die Szene verfolgt hatte:
«Schöne Freunde sind mir das! Darüber reden wir noch! So – jetzt mach, daß du hier fertig wirst, und dann rein ins Geschäft! Das Lager muß noch gefegt werden! – Und ihr zwei – na, seid ihr noch nicht verschwunden . . .!»
Henriette und Holger gingen zu ihren Rädern. Herr Möllenbrook lief in seinen Supermarkt. Ille begann, den Bürgersteig zu fegen. Henriette nahm einen Zettel und einen Bleistiftstummel aus der Tasche ihres Parkas, schrieb ihre Telefonnummer auf, rannte noch mal schnell zurück und gab Ille das Papier:
«Entschuldige!» sagte sie. «Wir wollten dir keinen Ärger machen! Hier ist unsre Telefonnummer. Wenn dir was einfällt wegen der anderen Sache, bitte, ruf mich an oder Holger, ja! Und sei nicht böse . . . ja!»
«Ist schon okay», sagte Ille. «Der Möllenbrook beruhigt sich auch wieder . . . schönen Dank!»
Sie fuhren noch bei Henriettes Freundin Ulla und ihrem Hundebaby vorbei und waren kurz vor halb sieben wieder zu Hause. Frau Riemann deckte gerade den Abendbrottisch.
«Wo habt ihr denn den ganzen Nachmittag gesteckt?» fragte sie.
«Bißchen rumgefahren», sagte Holger.
«. . . und einen süßen kleinen Hund angeguckt bei Ulla . . .», sagte Henriette.
«So 'n Hund ist ja was zu Niedliches!» bekräftigte Holger und sah seine Mutter von der Seite an.
«Ach ja . . .», griff Henriette das Spielchen auf, «. . . so was Niedliches müßten wir auch haben . . .»
Frau Riemann lächelte. «Kommt, wenn ihr euch die Hände gewaschen habt, bitte gleich an den Tisch!» sagte sie. «Papa und ich wollen nachher noch weg. Also bitte, beeilt euch!»
Holger sagte, daß er sich seine Brote vorher machen und dann vor dem Fernseher essen wollte.

Frau Riemann widersprach: «Du weißt genau, daß Papa das nicht ausstehen kann, wenn jemand beim Essen fernsieht!»
«Aber die Sendung ist wichtig», erklärte Holger. «Das ist so was wie Schularbeiten, Mama, verstehst du? Wir haben sozusagen den Auftrag, uns den Film anzusehen, für Biologie. Der Merkel hat extra gesagt, wir sollen das nicht verpassen, wirklich!»
Frau Riemann war unsicher. Herr Riemann kam ins Zimmer und sah, daß Holger sich bereits drei Brote strich.
«Na ja, also meinetwegen ...», sagte er schließlich, als Holger ihm erklärt hatte, daß er «Elefantenboy» aus «schulischen Gründen» unbedingt sehen müßte. Und dann – als Herr Riemann «meinetwegen» gesagt hatte, verlangte Henriette, den «schulisch wichtigen» Film auch sehen zu können, und erhielt ebenfalls – wenn auch zögernd – die Erlaubnis. Also saßen beide fünf Minuten später mit ihren Wurstbroten und Milchgläsern vor dem Fernseher und bewunderten vergnügt die Abenteuer des Elefantenboys.
Kurz vor Schluß des Films, es war gerade sehr spannend, klingelte das Telefon. Die Geschwister hörten mit halbem Ohr, daß ihre Mutter an den Apparat ging und sagte: «Wen? – Jette? – Henriette? – Ja. Ich hole sie.»
«Ein Anruf für dich, Henriette», sagte sie, während sie den Kopf durch den Türrahmen steckte. «Seit wann heißt du Jette?»
«Seit heute», sagte Henriette ärgerlich, «weil mir ‹Henne› auf den Wecker ging. Ich komme!»
Sie stand widerwillig auf und ging ans Telefon.
«Ja, hallo? Wer ist denn da?» fragte sie in die Muschel.
«Ich bin's», sagte eine Mädchenstimme. Im Hintergrund war Straßenlärm zu hören, und die ohnehin schlechte Verständigung wurde von Motorengeknatter noch schlechter.
«Wer – ich?» fragte Henriette.
«Ilse – Ille», sagte die Stimme. «Vom Supermarkt vorhin, weißt du? Ihr habt mir geholfen, die Plakate – »

«Ja, ich weiß», sagte Henriette. «Red mal bißchen lauter, bitte, Ille. Du bist kaum zu verstehen. Von wo telefonierst du denn?»
«Von 'ner Zelle», sagte Ille.
«Dann mach doch die Tür zu. Ich krieg' ja den ganzen Krach von der Straße mit!»
«Aber hier drin ist es so stickig und stinkt nach ... ich weiß nicht, wonach! Ich wollt' dir auch bloß schnell was sagen ...»
«Hast du 'n Fahrrad?» fragte Henriette.
«Ja, warum?» fragte Ille zurück.
«Dann komm doch her!» sagte Henriette.
«Zu euch nach Hause? Wo wohnt ihr denn?»
Henriette nannte Ille die Adressse und beschrieb ihr den Weg.
«Gut», sagte das Mädchen. «Ich komm' eben vorbei!»
Zwanzig Minuten nach diesem Telefongespräch begegneten Herr und Frau Riemann, die – in dunklem Anzug und Abendkleid – zu einem jener Feste gingen, bei denen es immer so steif und langweilig zugeht, daß sie sich schon tagelang vorher fürchteten – begegneten die Riemanns also vor ihrem Haus dem Mädchen Ille, das sein Fahrrad schob und offenbar eine bestimmte Hausnummer suchte.
Herr Riemann bemerkte das Mädchen kaum. Er konnte ja auch nicht ahnen, daß es die Lösung des Prozeßproblems brachte, an dem er seit ein paar Tagen herumrätselte.
«Echt ein schönes Haus», sagte Ille.
«Das ist nicht unsres», erklärte Holger. «Das ist 'ne Dienstwohnung.»
«Toll», sagte Ille. «Was ist denn euer Alter?»
«Richter», antwortete Henriette.
«Du müßtest ihn eigentlich auch getroffen haben. Unsere Eltern sind eben gerade weg», sagte Holger.
«Richter?» Ille wurde andächtig.
«Jugendrichter», ergänzte Henriette.
«Deshalb wolltet ihr was wegen dem Einbruch wissen?»

«Ja – auch deshalb», sagte Holger. «Komm, hock dich her! Willst du 'ne Cola? Oder 'nen Sprudel?»
«Cola», sagte Ille und setzte sich auf eines der bunten Polster, die Henriette sich aus alten Matratzen genäht hatte. Ille schien richtig gehemmt, seit sie im Haus war. So viele alte Stiche und wertvolle Brücken, die uralte Truhe und vieles andere hatte sie höchstens im Fernsehen oder im Film gesehen. Dann gingen sie zu dritt ins Obergeschoß, vorbei an der offenen Wohnzimmertür, durch die Ille die Ledersessel und die Anrichte mit dem großen Ölbild drüber sah. Und jetzt saßen sie in Henriettes großem Zimmer. Da waren eine Stereoanlage und eine Bettcouch, ein Regal voller Bücher und eine schmale Tür, die zu einem kleinen Badezimmer führte, das nur für Henriette und Holger zur Verfügung stand . . . unfaßbar für Ille. Sie schien an ihr Zuhause zu denken.
«Hier, deine Cola!» sagte Holger und reichte Ille das Glas mit einem kleinen Tablett, auf das ein bunter Phantasievogel gemalt war.
«Soll ich uns 'ne Scheibe auflegen?» fragte Henriette, um die Verlegenheit zu überwinden, die sie alle drei spürten.
«Laß Ille doch erst mal erzählen!» sagte Holger.
«Bißchen Musik nebenbei schad' ja nichts, wie?» fragte Henriette. Sie nahm, als Ille nickte, ihren derzeitigen Lieblingsrocksänger aus dem Regal und legte auf: Jethro Tull «Thick as a brick». Sie stellte allerdings auf kleine Lautstärke.
«Nun erzähl mal!» sagte Holger. Er hatte sich auch eine Cola geholt und nuckelte an seinem Glas.
«Ihr wollt wissen», fing Ille an, «ob vor dem Einbruch irgendwas Besonderes war – Ärger oder Putz oder so, nicht?»
«Ja!» sagte Henriette, drehte Jethro Tull noch ein wenig leiser und setzte sich Ille gegenüber.
«. . . da ist mir noch beim Ausfegen im Lager vor Feierabend was eingefallen. Vor 'nem halben Jahr gab's Stunk. Das war so: Der

olle Möllenbrook ist ja ein echter Geizhals. Der spart, glaub' ich, sogar am Essen von seiner Alten. Ist klapperdürr und mickrig, die Tante, und weil er so 'n Geizhals ist, läßt er Handwerkerarbeiten möglichst schwarz machen, klar?»

«Nee», sagte Holger, «– schwarz? Was ist da schwarz zu machen?»

«Also nicht offiziell, sondern ohne Steuerkarte. Kommt für Möllenbrook und die Handwerker mehr raus», erklärte Ille.

«Okay – jetzt ist es klar!» sagte Holger.

«Ja ...», fuhr Ille fort, «... im April, also ich glaube, es war letztes Wochenende im April, ja ... da hat er Bernd und mich gefragt, ob –»

«Wer ist Bernd?» wollte Henriette wissen.

«Der andere Lehrling», sagte Ille. «Bernd Schemansky, drittes Lehrjahr ... der hat uns gefragt, ob wir uns einen Zehner extra verdienen wollen, dann sollten wir mal Sonntag nachmittag für zwei, drei Stunden rüberkommen und im Lager mit saubermachen, am Wochenende wären da die Maler. – Das Gewerbeaufsichtsamt hatte nämlich einen Prüfer geschickt – der hatte gemeckert, daß die Wände und die Decke im Lager nicht ordnungsgemäß waren ... dreckig und so. Ist nicht drin, wegen der Lebensmittel ... na ja. Also mußte Möllenbrook das streichen lassen, aus Angst vor 'ner Nachkontrolle, versteht ihr?»

«Ja», sagte Holger, aber am liebsten würde er ihr jetzt sagen, sie solle mal endlich zur Sache kommen. So eine lahme Erzählerei!

«Eigentlich hatte ich gar kein' Bock auf den Zehner, wir wollten an dem Wochenende zu Verwandten aufs Land, meine Eltern, meine Geschwister und ich. Die haben da immer so 'n unheimlichen Kuchen, wenn irgend 'ne Feier ist. Da hatte einer Geburtstag an dem Sonntag ... aber na, mein Alter hat gesagt, das hilft nichts, ich muß dableiben. Wenn ein Chef so was anordnet, dann muß man es machen, sonst hat man auf die Dauer verschissen. Also bin ich dageblieben und dann nachmittags um zwei zum Laden. Vorn war zu – natürlich . . . aber hinten die Tür zum Lager stand weit auf . . .»

Ille trank einen großen Schluck Cola, verschluckte sich dabei, mußte husten und brauchte fast eine halbe Minute, bis sie weiterreden konnte:

«Ich hörte schon, wie sie sich anmotzten, Möllenbrook und die beiden Maler. ‹Scheren Sie sich raus!› pöbelte mein Chef mit seiner hellen Quiekstimme, die noch quiekiger wird, wenn er sich aufregt. ‹Fällt mir gar nicht ein, Ihnen auch noch Geld nachzuschmeißen!› – und der eine Maler brüllte zurück: ‹Ein mieser Ausputzer sind Sie, ein ganz mieser Leuteschinder!› Der andere Maler versuchte, ihn zu beruhigen, und brummte irgendwas, konnte ich aber nicht verstehen. Ich ging rein, war also ein bißchen neugierig. Die beiden Maler packten ihre Sachen zusammen. Möllenbrook, Arme so gekreuzt vor der Brust, ließ sie nicht aus den Augen. Als die Männer zur Tür gingen, drehte sich der ältere von beiden noch mal um und sagte ganz ruhig: ‹Wollen Sie sich das nicht noch mal überlegen, Herr Möllenbrook?› oder so ähnlich. Aber Möllenbrook schüttelte den Kopf und quietschte gleich wieder los: ‹Da gibt's für mich überhaupt nichts zu überlegen! Sie haben mich bestohlen, während Sie hier gearbeitet haben – und ich zahle Ihnen keinen Lohn. Wir sind quitt! Das ist klar! Wenn es Ihnen nicht paßt, können wir meinetwegen die Polizei holen!› – Der andere Maler, so ein langer, dünner . . . vielleicht achtzehn . . . mit'm Schnurrbart . . . der fing wieder an, wild zu werden: ‹Ein elendes Schwein sind Sie›, brüllte er los, ‹Sie wissen genau, daß wir dann Putz kriegen wegen Schwarzarbeit . . . aber warten Sie nur ab, das zahl' ich Ihnen zurück, Sie . . . Sie!› Sein Kollege schob ihn raus aus dem Lager . . . und Möllenbrook lachte.»

«Hast du zufällig einen Namen gehört?» fragte Henriette.

«Was für 'n Namen?» fragte Ille zurück.

«Na, hat der ältere Maler den jüngeren irgendwie beim Namen genannt?»
«Nein ... ich weiß nicht ... warte mal ...», Ille dachte nach. «Er hat ihn mit 'nem ganz komischen Namen angeredet ... nicht mit einem normalen Vornamen oder so ... aber ich ... nein, komme ich nicht drauf, verdammt ...»
«Hat er vielleicht ‹Bello› gesagt?» fragte Henriette.
«Ja! Jaja! Ja, Bello!» rief Ille. «Kennst du den?»
«Ja, den kenn' ich!» sagte Henriette, «und Holger kennt ihn noch näher, nicht Holle?»
Holger staunte. Er bewunderte seine Schwester mal wieder ungeheuer. Wie sie das kombiniert hatte. Phantastisch!
«Ja, den kenn' ich!» sagte er.
Die Langspielplatte war abgelaufen. Jethro Tull schwieg, aber die drei merkten es nicht mal.
«Meinst du, die Maler hätten wirklich was geklaut?» fragte Henriette.
«Das weiß ich auch nicht», sagte Ille. «Möllenbrook hat Bernd und mir erzählt, in der Jackentasche von dem Jüngeren hätte er 'ne Flasche Rum entdeckt, als er gegen die Jacke gestoßen ist, die hing da über einem Stuhl neben der Lagertür. Und das wäre Rum von uns gewesen. Sogar das kleine Preisschild hat noch drangeklebt, sagte er. Na ja, kann ja sein. Jedenfalls ist er ganz billig zu einem frisch gestrichenen Lager gekommen, der alte Knicker.»
«Das ist eine tolle Geschichte!» murmelte Holger.
«Find' ich auch!» sagte Henriette. Sie drehte die LP um und gab ein paar Phon mehr zu, so daß die Gruppe jetzt richtig zur Geltung kam. Ille trank ihre Cola aus.
«Aber was hat das mit dem Einbruch zu tun?» rief sie, um gegen die Band anzukommen. «Glaubt ihr, es hat was damit zu tun?»
«Ich denke schon», sagte Henriette. Sie sagte es zu leise. Ille mußte nachfragen.

«Ich denke schon, aber ich kann es nicht beweisen!» schrie Henriette jetzt.
Eine Weile sagte keiner was – nur der Plattenspieler plärrte.
Plötzlich fuhr Ille wie angestochen hoch: «Mann, das ist gleich neun!» rief sie. «Ich muß halb zehn zu Hause sein, sonst macht meine Mutter wahnsinnigen Putz!»
Henriette drehte Mister Tull klein.
«Halb zehn schon?» fragte sie erstaunt. «Wo du sechzehn wirst?»
«Ja», sagte Ille. «Da drin ist sie furchtbar genau. Sonst ist sie prima. ‹Im Dunkeln gehören Mädchen ins Haus!!› sagt sie. Da kannst du nichts gegen machen! Also tschüs denn, ich mach 'ne Fliege!»
«Prima, daß du gekommen bist», sagte Henriette. «Schönen Dank!»
«Komm uns bald mal wieder besuchen!» sagte Holger.
«Sagt ihr mir Bescheid, wie das weitergeht?» fragte Ille.
«Ganz bestimmt!» versprach Henriette.
«Aber nicht im Laden», sagte Ille, «wir dürfen da keinen Besuch kriegen.»
«Wir kommen abends, wenn du Schluß hast», sagte Holger. «Dagegen kann ja wohl der Mistbrook nichts haben!»
Ille lachte und lief durch Riemanns Vorgarten zu ihrem Rad.
«Tschüs!» rief sie von der Straße her.
«Bis bald!» rief Henriette zurück.
«Fahr schön vorsichtig und nicht schneller als Fünfzig in der Stadt!» flachste Holger.
«Und nun? Was machen wir nun?» fragte er, als sie die Haustür geschlossen hatten.
«Nun müssen wir unbedingt mit Micky oder Mathe – besser noch mit allen beiden reden!» sagte Henriette entschlossen. «Und wir müssen sie fragen, warum –»
«Warum sie eingebrochen haben?» unterbrach Holger. «Aber

das ist doch ziemlich klar, Jette! Der Bello hat sie angestiftet, oder was meinst du?»
«Klar! Aber warum haben sie sich anstiften lassen? Die müssen doch aus irgendeinem Grund Manschetten gehabt haben, Holle! Warum habt ihr Angst vor dem Malergesellen Bello? – *das* müssen wir sie fragen!»

Herr Bellmann stellt sich

«Du liest ja noch!» sagte Henriette, kam in Holgers Zimmer geschlüpft und hockte sich auf seinen Bettrand.
«Und warum bist du noch nicht im Bett?» fragte Holger.
«Ich war schon – aber ich konnte nicht einschlafen, weil mir immerzu im Kopf rumgegangen ist, wie wir nun weitermachen.»
«Und ist dir was eingefallen?»
«Es gibt drei Möglichkeiten», sagte Henriette und steckte ihre bloßen Füße unter Holgers Bettdecke, «erstens: Wir sagen Papa, was wir rausgefunden haben, und der lädt sich einfach den krummen Bello vor und versucht selber rauszukriegen, was dahintersteckt. Zweitens: Wir probieren es mit Micky und Mathe. Drittens: Wir probieren es über Dritte – also über Freunde oder Geschwister von Mathe oder Micky.»
«Das erste find' ich jetzt noch nicht gut», sagte Holger. «Denn du hast ja gesehen, wie sauer der Bello reagierte, als er bloß unseren Namen hörte – und wie wütend der auf Papa ist. Also wenn er zum Gericht bestellt wird, wird er sich genauso stur anstellen wie die beiden Jungs. Der gibt doch niemals zu, daß er sie angestiftet oder unter Druck gesetzt hat, oder?»
«Das ist klar», sagte Henriette.
«Außerdem bleibt uns das immer noch», fuhr Holger fort.

«Wenn wir gar nicht weiterkommen, können wir Papa auch nächste Woche noch einweihen. – Aber auch die Möglichkeit, über die Freunde oder Geschwister von Micky und Mathe was rauszukriegen, sehe ich nicht, Jette. Überleg mal, wenn Bello die Jungs zu dem Einbruch gezwungen hat, dann haben die irgendein Geheimnis miteinander. Vielleicht haben die zwei was ausgefressen, irgendwas ganz Harmloses, verstehst du. Bello hat sie dabei erwischt, und dann hat er gesagt: Wenn ihr nicht für mich in den Laden einbrecht, dann zeige ich euch an – oder so . . . und wenn das so ist, dann wissen die Freunde oder Geschwister davon nichts – also werden wir nie erfahren, warum die Jungs vor Bello Angst haben . . . klar?»
«Ja – das leuchtet mir ein», sagte Henriette. «Wir müssen also mit Micky oder Mathe reden. Am besten mit beiden!»
Die große Standuhr unten im Wohnzimmer schlug zwölf. Da die Zimmertür offenstand, dröhnte es bis in Holgers Bude herauf.
«Ich weiß auch noch nicht, wie wir das am besten anfangen . . .», sagte Holger, «aber heute fällt mir auch nichts mehr ein.» Er klappte sein Buch zu, schubste Henriettes Füße aus seinem Bett und knipste seine Nachttischlampe aus.
«Laß doch wenigstens das Licht an, bis ich draußen bin!» schimpfte Henriette.
Er knipste die Lampe wieder an.
«Ich kann ja auch Henri zu dir sagen, wenn du dich an Jette nicht gewöhnen kannst», sagte er.
«Henri – blöd! Bin ich ein Engländer?» Henriette schlurfte hinaus, wandte sich in der Tür noch mal um, sagte: «Nacht, Holle – bis morgen!» – und verschwand nebenan in ihrem Zimmer.
Beim Frühstück am Sonntag fragte Herr Riemann nebenbei: «Habt ihr noch mal über die Geschichte nachgedacht?»
Holger sah Henriette an. Henriette zögerte einen Augenblick.
«Ich . . . also mir ist dazu noch keine Lösung eingefallen», sagte sie und biß in ihr Marmeladenbrot.

«Mir auch nicht», sagte Holger. «Das ist auch gar nicht so einfach, Papa!»
«Nein.» Herr Riemann seufzte. «Das ist nicht so einfach!»
Mehr wurde von dem Fall an diesem Sonntag nicht gesprochen. Nur Holger sagte gegen Abend zu seiner Schwester: «Ich hab' mir überlegt, Jette, daß ich morgen gleich nach dem Essen noch mal rüberfahre in die Siedlung. Nachmittags ist der Bello ja auf Arbeit – da krieg' ich den Mathe schon allein. Was meinst du dazu?»
«Okay», sagte Henriette. «Versuch's – aber sei vorsichtig!»
Sonst wurde – wie gesagt – im Hause Riemann an diesem Tag nicht mehr von der Sache im Supermarkt gesprochen.

Am Montag fielen für Henriettes Klasse die zwei letzten Schulstunden aus. Sie erschrak heftig, als sie um halb zwölf die Haustür aufschloß und im Flur plötzlich dem Malergesellen Bello gegenüberstand.
Der Fußboden war voll Packpapier gelegt, alle Bilder waren abgenommen, und es roch nach frischer Leimfarbe.
Bello ließ die Farbrolle sinken, kniff die Augen zusammen und biß sich auf die Lippen.
«Tag!» sagte Henriette mit heiserer Stimme.
«Tag!» sagte Bello – noch heiserer –, und seine Augen blickten unruhig.
Frau Riemann kam aus der Küche.
«Wer ist denn da?» rief sie und lachte, als sie Henriette wie angenagelt an der Haustür stehen sah. «Ach, du, Henriette – bist du erschrocken? Das ist Herr Bellmann von der Firma Casper. Er streicht uns freundlicherweise den Flur, den Heizkeller und den Hobbyraum neu. Das hatte ich schon lange bestellt, bei Herrn Casper – und heute hat es sich so ergeben, daß jemand frei war – da haben wir's gleich in Angriff genommen. – Das ist

meine Tochter Henriette, Herr Bellmann. – Wieso kommst du jetzt schon aus der Schule?»
«Turnen ist ausgefallen», sagte Henriette – schon wieder mit weniger rauher Stimme.
«Prima, dann kannst du mir bitte gleich in der Küche helfen», sagte Frau Riemann. «Wie ist es, Herr Bellmann, Sie essen doch mit, nicht wahr? Ich würde mich freuen, ja?»
Bello war verwirrt.
«Jaja . . . danke . . . danke schön!» sagte er. «Aber . . . aber . . .»
«Kein ‹Aber›, Herr Bellmann!» sagte Frau Riemann. «Ich stelle Ihnen einen Teller mit auf den Tisch. Es wird wohl sicher ein Uhr, bis mein Mann kommt – aber bis dahin haben Sie ja auch noch hier im Flur zu tun, nicht wahr? Soll Henriette Ihnen inzwischen eine Flasche Bier . . .?»
«Nein, danke – kein Bier!» sagte Bello. Er wirkte ganz anders als gestern nachmittag im Schrebergarten – viel scheuer und fast ängstlich. Henriette empfand beinahe so etwas wie Mitleid. Sie überlegte, während sie ihrer Mutter Kartoffeln schälen half, ob sie verraten sollte, daß sie Bello kannte – und unter welchen Umständen sie ihn gestern kennengelernt hatte. Doch noch ehe sie zu einem Entschluß kam, traf Herr Riemann ein, heute früher als sonst.
«Ist das nicht der Heinz Bellmann?» fragte er leise, als er in die Küche trat.
«Ja», sagte Frau Riemann, «kennst du ihn?»
«Ja. Er war vor einem Jahr in eine ganz dumme Bandengeschichte verwickelt. Danach hat er sich wohl gefangen. Das freut mich. Kann er nicht mit uns essen?»
«Ich habe ihn schon eingeladen», sagte Frau Riemann.
«Fein! – Wie lange dauert's noch?»
«Gute halbe Stunde!»
«Kann ich was helfen?»
«Nein, es ist kaum noch etwas zu tun.»

«Dann geh' ich solange in mein Arbeitszimmer», sagte Herr Riemann, «rufst mich dann, ja!»
Er sprach mit Bello auf dem Flur noch ein paar Worte: «Wie geht's, Herr Bellmann? Richtig fester Job? – Fein! – Und es macht Ihnen Spaß? – Na, prima! Das freut mich wirklich für Sie! – Bis nachher. Sie essen ja mit uns.»
Henriette war mit dem Kartoffelschälen fertig. Sie steckte den Kopf in den Flur. Bello war auf der Treppe zum Keller und vergipste dort ein paar Nagellöcher an der Wand. Henriette lief ins Obergeschoß, warf die Schultasche in ihr Zimmer und huschte in das Arbeitszimmer ihres Vaters, der sich gerade in seinem Sessel niedergelassen und eine Zigarette angezündet hatte.
«Ich muß fix mit dir reden, Papa!» zischte sie, als er sie erstaunt ansah.
«Was ist denn? Ärger in der Schule?» fragte er und fiel unwillkürlich in den gleichen Flüsterton.
«Nein», sagte Henriette, «was viel, viel Wichtigeres!»
«Da bin ich aber gespannt!» sagte Herr Riemann.
Henriette setzte sich auf den dreibeinigen Hocker, der neben dem Schreibtisch stand und dem Vater dazu diente, die Bücher auf den obersten Regalen zu erreichen.
Und dann berichtete sie.
Sie sprach immer noch flüsternd und erzählte, was sie und Holger am Sonnabend alles erlebt hatten: vom verbotenen Spionieren in den Akten (dazu runzelte Herr Riemann die Stirn, sagte aber nichts), von der Entdeckung, daß sie den Michael Schuch und Holger den Mathias Lindner kannte, von der Fahrt zur Siedlung, der ersten Begegnung mit Bello, von der Idee, bei Möllenbrooks Laden vorbeizufahren, von Herrn Möllenbrook – und was das für ein Ekelpaket sei –, von der Bekanntschaft mit Ille, schließlich von Illes Besuch und von ihrer Erinnerung an den Krach mit den Malern im Lagerraum des Supermarktes –

und von ihrer und Holgers Überlegung, daß Bello den Micky und den Mathe vielleicht – nein, ziemlich sicher – aus Rache angestiftet hatte, bei Möllenbrook einzubrechen.
So weit war sie mit ihrem Bericht, dem Herr Riemann zunehmend interessiert gefolgt war, als die Tür aufgerissen wurde und Holger erschien. Er war richtig blaß vor Aufregung und atmete schnell.
«Tag, Papa! Tag, Jette!» sagte er. «Ach, hier bist du, Jette! Ich wollt' dir bloß eben was sagen –»
«Wegen Bello, nicht?» sagte Henriette. «Komm rein, ich habe Papa alles erzählt!»
Holger hockte sich auf den Teppich, denn eine dritte Sitzgelegenheit gab es in Herrn Riemanns Arbeitszimmer nicht.
«Ja ... das ist ja eine tolle Sache!» sagte der Vater. «Nun laßt mich mal einen Augenblick überlegen, was da zu tun ist ...»
«Essen ist fertig!» rief Frau Riemann aus dem Erdgeschoß.
«Laßt euch nichts anmerken, bitte!» sagte Herr Riemann zu den Geschwistern. «Und keine Anspielungen ... ich mach' das schon. Vielleicht ist es ein glücklicher Zufall, daß der – wie nennt ihr Heinz Bellmann –?»
«Bello haben die anderen im Schrebergarten zu ihm gesagt», erklärte Holger.
«– daß also der Bello heute bei uns, ausgerechnet bei uns, arbeitet. Manchmal gibt's ja solche glücklichen Zufälle ... Kommt zum Essen, meine zwei Meisterdetektive!»
Es gab Schellfisch mit Senfsoße. Herr Riemann stellte für Heinz Bellmann und sich Biergläser auf den Tisch.
«Zum Essen ein Bier ist erlaubt, und außerdem schmeckt's!» verkündete er und schenkte ein.
«Danke, Herr Vorsitz ... äh, Herr ... Herr ...», Heinz Bellmann wurde richtig rot vor Verlegenheit, weil er sich gleich verhaspelt hatte.
«Ich heiße ganz einfach nur Riemann», sagte Herr Riemann.

«Und ich bin gar nicht so gern der ‹Vorsitzende›, wie Sie vielleicht denken, Herr Bellmann. Und schon überhaupt nicht zu Hause. Und schon ganz und gar nicht beim Mittagessen. Na, denn prost! Und guten Appetit allerseits!»
«Mahlzeit!» sagte Holger.
«Mahlzeit!» sagte Henriette.
«Gesegnete Mahlzeit!» sagte Frau Riemann.
«Ja, danke, Mahlzeit!» murmelte Heinz Bellmann.
Er hatte sich die Hände so geschrubbt, daß sie ganz rot waren. Im Gesicht aber hatte er noch viele kleine weiße Farbspritzer.
«Sind Sie noch in der Ausbildung – oder schon Geselle?» fragte Frau Riemann, um irgendwie das Gespräch in Gang zu halten.
«Geselle», sagte Heinz Bellmann. «Seit vier Monaten.»
«Gratuliere!» sagte Herr Riemann. «Ich kenne Herrn Bellmann von früher», sagte er zu den Geschwistern, «wir haben vor einem Jahr mal miteinander zu tun gehabt . . .»
«Ja», sagte Heinz Bellmann.
«Und was haben Sie für Pläne?» fragte Herr Riemann. «Wollen Sie mal selber ein Geschäft aufmachen?»
«Das würde ich schon ganz gern – aber dazu muß ich erst die Meisterprüfung machen – und dann braucht man auch 'ne ganze Menge Kohle . . . äh, Geld.»
«Schmeckt's?» fragte Frau Riemann.
«Prima», sagte Heinz Bellmann. «Sehr gut, danke!»
«Mögen Sie noch?» fragte Frau Riemann und lud ihm, als er nickte, noch Fisch und Soße auf den Teller.
Als alle fertig gegessen hatten, sammelte Henriette die Teller ein, und Frau Riemann stellte vor jeden Glasschüsselchen für den Nachtisch. Es gab Karamelpudding mit Vanillesoße.
«Ich habe da jetzt eine Sache in der Fachzeitung gelesen», sagte Herr Riemann, «die mir nicht aus dem Kopf geht. Dazu würd' ich gern mal eure Meinung hören, wenn ich euch damit langweilen darf – auch sehr gern Ihre Meinung, Herr Bellmann!»

«Ein ungewöhnlicher Fall?» fragte Holger.

«Ja», sagte Herr Riemann, «und zwar ist folgendes passiert: Da hat ein reicher Mann ... ich weiß jetzt nicht, ob ein Arzt oder Großhändler oder dergleichen ... er war jedenfalls als geizig bekannt – also der hat sich zwei Gärtner bestellt, die ihm an einem Wochenende seinen Garten in Ordnung bringen sollten – Bäume beschneiden, Rasenkanten begradigen, umgraben ... was weiß ich. Er hatte mit ihnen einen Preis ausgehandelt – zehn Mark die Stunde – und ohne Rechnung oder Quittung, also Schwarzarbeit, na ja – so was ist ja heute nicht ungewöhnlich, nicht wahr ... Kurz und gut, die zwei Männer sind gekommen, haben gearbeitet – und kurz bevor sie fertig waren, hat der feine Herr einen Streit angefangen. Da wäre doch sein silbernes Zigarettenetui eben noch in der Hollywoodschaukel gewesen, und jetzt sei es verschwunden – also, das könnte nur einer von den beiden Männern weggenommen haben – und so weiter, und so weiter.

Die sind natürlich fuchsteufelswild geworden. Es hat laute und böse Worte gegeben. Der Herr hat sie aufgefordert, sofort zu verschwinden – und als sie ihren Lohn verlangt haben, hat er gesagt, Dieben bezahle er nicht auch noch Geld für den Diebstahl.

Die Männer konnten nichts machen. Sie konnten die Polizei nicht holen, weil sie Angst hatten, wegen der Schwarzarbeit Ärger zu kriegen – und das hat der Herr wohl auch einkalkuliert – jedenfalls sind die zwei gegangen.

Aber zwei Nächte darauf haben Unbekannte den Garten des Herrn verwüstet, haben seine Geräte kaputtgemacht, die Beete zertrampelt und ziemliches Unheil angerichtet.

Da hat den Herrn die Wut gepackt, und er hat der Polizei gegenüber die zwei Männer verdächtigt, die er wegen des angeblichen Diebstahls ohne Bezahlung fortgeschickt hatte. Und die beiden sind vernommen worden – mit allen den Tricks, die

manchmal bei Vernehmungen so angewandt werden – und haben die Verwüstung des Gartens zugegeben.
Ja – und der Verfasser des Artikels stellt nun die Frage, wie ein Gericht in so einem Falle urteilen kann und soll und muß . . . denn alleinschuldig sind ja die beiden Gärtner wohl nicht – oder? Was meint ihr? Was sagen Sie dazu, Herr Bellmann?»
Es herrschte Schweigen am Tisch. Frau Riemann war ein bißchen erstaunt, denn solche Themen vor Gästen anzuschneiden, war sonst nicht die Art ihres Mannes.
Heinz Bellmann hatte die Augen gesenkt und malte mit dem Zeigefinger Kringel aufs Tischtuch.
«Nun? Was denkt ihr?» wiederholte Herr Riemann seine Frage.
«Ich weiß nicht, wie das ist», sagte Henriette, «ob es so was wie ein Recht auf Rache gibt – aber das hätte den angeschmierten beiden Gärtnern ja auch nicht geholfen, nicht wahr?»
«Es gibt natürlich kein ‹Recht auf Rache›, Henriette», sagte Herr Riemann – und goß Heinz Bellmann und sich den Rest Bier ein.
«Mögen Sie eine Zigarette?» fragte er.
«Ja, bitte!» sagte der Malergeselle und nahm eine aus der Schachtel, die Herr Riemann hinhielt.
«Aber wenn mir so eine Geschichte zur Verhandlung auf den Tisch käme», sagte Herr Riemann, «ich würde den Gärtnern alle nur irgend möglichen mildernden Umstände zubilligen – und ich würde mir den feinen Herrn vorknöpfen im Zeugenstand, daß kein Auge trocken bliebe. Darauf könntet ihr Gift nehmen!»
«Na ja», meinte Holger, «aber den kannst du nicht bestrafen!»
«Nicht so, wie er es verdiente», sagte Herr Riemann, «da hast du recht. Aber mir würde schon was einfallen, woran er eine Weile denken würde . . .»
«Ich . . . ich muß weitermachen, Herr Riemann», sagte Heinz Bellmann. «Um fünf holt mich der Chef ab – und ich hab noch den Hobbyraum . . .»

«Ja – natürlich! Lassen Sie sich nicht aufhalten», sagte Herr Riemann.
«Schönen Dank», sagte Heinz Bellmann, stand auf und ging hinaus in den Flur.
«Das war ein Schuß in den Ofen, Papa!» wisperte Holger.
«Warte mal ab, Junge», sagte Herr Riemann. «Daß er nicht hier am Tisch was sagt, war doch klar! Warte mal ab!»
«Wovon redet ihr eigentlich?» fragte Frau Riemann.
«Wenn du mir erlaubst abzutrocknen, erzähl' ich es dir», sagte Herr Riemann.
«Das ist auch so 'ne Masche», spottete Henriette, «statt Mama eine Geschirrspülmaschine zu kaufen, erzählst du ihr beim Abtrocknen Geschichten ...»

Richter Riemann fand an diesem Nachmittag nicht die nötige innere Ruhe, um sich auf seine Akten zu konzentrieren. Er saß in seinem Zimmer, rauchte mehr als sonst, blätterte in Berichten und Protokollen und lauschte wartend auf jeden Schritt im Haus.
Kurz vor vier klopfte es zaghaft an seiner Tür.
«Na, also ...», murmelte Herr Riemann und rief: «Herein, bitte!»
«Ich wollte Sie was fragen ...», sagte Heinz Bellmann, der im Türrahmen stand und seine farbgesprenkelte Mütze in den Händen drehte.
«Kommen Sie näher!» sagte Herr Riemann.
Heinz Bellmann schloß die Tür hinter sich, trat näher, nahm auf die Aufforderung Riemanns auf dem Hocker Platz, lehnte die angebotene Zigarette ab, druckste herum und begann schließlich, als der Richter ihn fragte: «Na, was gibt's denn, Herr Bellmann! Schießen Sie man los! Wo drückt das Schuhchen? Vielleicht kann ich Ihnen ja helfen!» – begann also:

«Ich hab' da ziemliche Schei- also eine dumme Kiste am Hacken, Herr Riemann. Und weil Sie gerade vorhin beim Essen das so gebracht haben, mit den Gärtnern und dem Herrn und mit der Rache ... also ... also, ich hab' so was auch – das heißt, bei mir ist das eben anders und schlimmer ... weil ich doch nicht selber ... mich nicht selber sozusagen gerächt ... aber nun ...»
Er brach ab, nahm nun doch eine Zigarette, sah den Richter verzweifelt an, und als der ihm aufmunternd zunickte, sprudelte er plötzlich los und erzählte nun die ganze Geschichte von der schwarzen Arbeit bei Möllenbrook, von dem Ärger mit dem Ladenbesitzer, von dem Rum, den er wirklich nicht geklaut habe – und von seiner Idee, sich durch den Einbruch zu rächen ... aber eben nicht selber einzubrechen, damit er ein Alibi habe für die Tatzeit, sondern die Jungen loszuschicken, die sich dann auch hatten schnappen lassen und jetzt vor Gericht standen.
«... vor Ihnen, Herr Vor ... äh, Herr Riemann!» sagte er und war ganz offenbar dem Heulen nahe.
«Ja ...», sagte Riemann und bemühte sich, seine Freude über das Geständnis zu verbergen. «Das ist eine blöde Sache, Heinz! Da haben Sie sich wieder ganz hübsch reingeritten ... Anstiftung ... Paragraph 26 StGB – ‹Als Anstifter wird gleich einem Täter bestraft, wer vorsätzlich einen anderen ...› und so weiter. Da komme ich nach Ihrem Geständnis jetzt nicht drumherum, Anzeige zu erstatten ...»
«Verdammte Scheiße!» sagte Heinz Bellmann. «Und ich bin schon vorbestraft, und der Meister hat gesagt, er feuert mich, wenn wieder was passiert. Dann kann ich doch gleich einpacken. Da krieg' ich doch nie einen Meisterbrief ...»
«Ich werde mal mit dem Jugendstaatsanwalt reden», sagte Herr Riemann. «Wahrscheinlich kriegen wir das mit einem Verweis hin – wahrscheinlich ... ganz hundertprozentig sicher bin ich da nicht – aber es ist möglich ... und der Prozeß gegen Michael

Schuch und Mathias Lindner – die sind ja bisher nicht auffällig geworden –, das wird mit einer Verwarnung oder einem Freizeitarrest erledigt werden können – aber nun sagen Sie mir nur noch eins, Herr Bellmann: Wieso haben die Jungs solche Angst vor Ihnen, daß die den Blödsinn überhaupt gemacht haben?»
«Ach – na ja . . . aber wenn ich das nun auch noch erzähle, dann müssen Sie wieder –»
«Halten Sie ein Selbstgespräch», sagte Herr Riemann. «Ich höre nicht hin! Aber es interessiert mich, weil ich den Jungen eigentlich keine solche Abhängigkeit zugetraut hätte!»
«Da hat im letzten Winter im Schrebergartenverein eine Laube gebrannt. So 'ne alte, gammelige, gar nicht mehr benutzt . . . und ich hatte kurz vorher Micky und Mathe – also Michael Schuch und Mathias Lindner dort rumkokeln sehen. Mit Knallfröschen von Silvester noch und so Zeug. Ich weiß nicht, ob die das nun wirklich angebrannt haben, das olle Dings. Aber ich habe gesagt, wenn ihr nicht für mich bei Möllenbrook knacken geht – dann singe ich wegen der Laube . . . Eigentlich sollten sie ja nichts klauen in dem Supermarkt – sondern bloß ein paar Regale umschmeißen und die Kühltruhe abstellen und Schaden machen – so wie Ihre Gärtner, Herr Riemann. Aber dann hat das so 'n Krach gemacht, als sie die erste kleine Flasche fallen ließen – da haben sie wohl dann Schiß gekriegt . . . ja . . .»
Draußen hupte ein Auto. Es war der Kastentransporter der Malerfirma.
«Meine Güte, der Chef!» sagte Heinz Bellmann.
«Sind Sie denn fertig mit der Arbeit?» fragte Herr Riemann.
«Alles fertig!» sagte Heinz Bellmann. Er erhob sich. Auch Herr Riemann stand auf, gab ihm die Hand und sagte: «Danke, Heinz! Ich bin Ihnen richtig dankbar.»
«Wofür?» fragte Heinz Bellmann.
«Für die neugestrichenen Wände und alle sonst beseitigten Flecken!»

Verfügung

1. Vermerk:

   Heute suchte mich der Jugendrichter Riemann auf und teilte in der Sache gegen Schuch und andere (11 Js 1663/76) mit, daß Heinz Bellmann ihm gegenüber eingestanden habe, daß der versuchte Einbruchsdiebstahl zum Nachteil Möllenbrook durch seine Anstiftung begangen wurde. Die anschließende Vernehmung des Beschuldigten Bellmann bestätigte das.

   Im Hinblick auf die besonderen Umstände erscheint es angebracht, das Verfahren gegen den Beschuldigten Bellmann wegen Geringfügigkeit einzustellen. Der angerichtete Schaden ist von Bellmann wieder gutgemacht worden. Jugendrichter Riemann stimmte der Einstellung zu.

2. Das Verfahren gegen Bellmann wird gemäß §153 Abs. 1 StPO eingestellt.

3. Mitteilung von Ziffer 2 an Beschuldigten Bellmann mit Verwarnung.

4. Weglegen.

X-Stadt, den 05.11.1976
gez. Schobereit

Staatsanwalt

Amtsgericht Hamburg
Bezirksjugendgericht

Geschäfts-Nr.:
11 Js 1663/76
Bitte bei allen Schreiben angeben!

Urteil

Im Namen des Volkes

In der Strafsache gegen

1) Michael Schuch

2) Mathias Lindner

wegen Versuchter Einbruchdiebstahl

hat das **Amtsgericht** X Abteilung
als Jugendschöffengericht in der Sitzung vom
an welcher teilgenommen haben:

1. Richter am Amtsgericht Riemann als Jugendrichter
als Vorsitzender,

2. Schöffe Philipp

3. Schöffe Böhnert

4. Staatsanwalt Schobereit
als Beamter der Staatsanwaltschaft,

5. Rechtsanwalt Dr. Rahn für den Angeklagten zu 1)
als Verteidiger,

6. Justizobersekretär Lehmann
als Urkundsbeamter der Geschäftsstelle,

für Recht erkannt:

Die Angeklagten Michael Schuch und Mathias Lindner sind des gemeinschaftlichen versuchten Diebstahls unter erschwe ten Umständen schuldig. Sie werden verwarnt. Von einer Kostenentscheidung wird abgesehen.

«Ach so – ich verstehe!» sagte Heinz Bellmann. «Und wie geht das nun weiter?»
«Ich werde Sie bestellen lassen – zur Anhörung. Wann ist das für Sie am günstigsten?»
«Nächste Woche wollte ich Urlaub machen – paar Tage. Meinem Alt . . . äh, Vater beim Scheren helfen, der hat fünf Schafe!»
«Sechs!» sagte Herr Riemann und fügte, als Heinz Bellmann ihn verständnislos anguckte, hinzu: «Fünf mit vier Beinen und eins mit zweien.»

Die Sache lief ungefähr so aus, wie Herr Riemann es gesagt hatte. Es gab zwei gerichtliche «Vorgänge»:
Anlage I. Das Urteil im Verfahren gegen Michael Schuch und Mathias Lindner und
Anlage II. Die Verfügung des Staatsanwalts «in Sachen Bellmann, Heinz, wegen § 26 StGB».
Auf S. 77 und 78 sind die Dokumente darüber.
Der Supermarkt-Besitzer Möllenbrook blieb ungeschoren. Aber es gab noch ein Telefongespräch, das den Lesern nicht vorenthalten werden soll. Hier ist es:

Riemann	Hallo, hier Riemann, spreche ich mit Herrn Möllenbrook?
Möllenbrook	Ja, bitte, hier Möllenbrook. Sie wünschen, bitte?
Riemann	Ich habe nur eine Frage, Herr Möllenbrook . . .
Möllenbrook	Ja, bitte . . .
Riemann	Ich würde gern Wein und Delikatessen bei Ihnen für eine größere Gesellschaft kaufen, die ich demnächst gebe . . .
Möllenbrook	Sehr erfreut, aber natürlich gern!
Riemann	Die Sache hat nur einen Haken. Ich kann die Waren erst abends, nach Ladenschluß bei Ihnen aussuchen – und ich möchte mich da nicht straf-

bar machen und Sie nicht in Schwierigkeiten bringen . . .

Möllenbrook Aber ich bitte Sie . . . so streng nehmen wir es bei guten Kunden doch mit dem Ladenschlußgesetz nicht, Herr Riemann . . . ich meine, unter uns gesagt . . .

Riemann Das ist für mich sehr interessant zu hören, Herr Möllenbrook! Sehr interessant! Sie scheinen es mit den Gesetzen überhaupt nicht so ernst zu nehmen, wie mir scheint! Gegen Schwarzarbeiter haben Sie auch nichts – und auch nichts gegen üble Nachrede und Betrug – wenn Sie damit nur Geld sparen können, wie?

Möllenbrook Aber erlauben Sie! Was fällt Ihnen denn ein? Mit wem spreche ich überhaupt?

Riemann Riemann. Sie erreichen mich – falls Ihnen meine Ausführung nicht klar ist, zu näheren Erläuterungen im Landgericht, Herr Möllenbrook. Dort bin ich bekannt. Guten Abend!

Holger und Henriette, die das Gespräch hatten mithören dürfen, fanden es wundervoll und waren ausnahmsweise mit ihrem Vater voll und ganz einverstanden . . .